JN304306

愛の疾走

三島由紀夫

角川文庫
16545

目次

田所修一の章

小野崎《おのざき》の村は、秋もおわりの、降りみ降らずみの雨に包まれている。

わずか五十戸のこの半農半漁の村は、むかしは各戸がその双方にたずさわっていたものだが、このごろは各々が専業化して、たとえば僕、田所修一も、諏訪湖《すわこ》の漁業に専念している。

父は戦死したので、働らいているのは、祖父と母と姉と僕の四人だ。今どき割のいい職業でないことはわかりきっているが、僕は家代々のこの仕事に誇りを持っている。

たしかに誇りを持っている。表向きはそうだ。それに僕には親ゆずりのつむじ曲りの気性があって、どうしても、世間を向うにまわしてそういい張りたいところだ。

だが、たとえば、きのうの僕はどうだろう。

きのう、いつもよりも少ない漁獲に諦《あき》らめをつけて舟をかえし、集会所へ魚をもって行って、家へかえる前に、ぼくは森閑とした村をぬけて、村の外れまで行ってみる気になった。せまい村なのに、このごろはそこまで行くことはめったにない。外れの家は農家の杉田さんの家で、畑のむこうはもう湖である。子供のころは、そのへんが恰好《かっこう》な遊び場で、よく畑を荒らしては、今は故人になった杉田さんのおやじに怒鳴られて、追い散らされたものだが、成人してからは、用もないままに、めったにその一劃《いっかく》を訪れたことがない。

杉田さんの家の前までは、自動車一台通れるだけの往還が通じているが、それから先は細い畦道《あぜみち》だ。

僕はめっきり冷気の増してきた夕方ちかい湖畔の空気をふかぶかと吸いながら、ポケットに両手を入れて、背をかがめて歩いた。どこにも人影は見えず、人の声はきかれなかった。

田圃《たんぼ》には稲架《はざ》が規則正しく居並び、さっきまで降っていた軽い雨に濡《ぬ》れていた。今は止んでいるが、湖上の空は重く、景色は水を含んだ古綿のようにどっぷりと雨気にひたされている。

僕は湖の眺めをさえぎっている高い萱《かや》の草むらのそばまで行った。二三本の柳が枝を低く湖面に垂れているあたりである。萱の穂は、柳の丸くしなだれた枝をほとんど隠してしまうほどに秀でている。

僕が近寄ると、萱の穂にたかっていたおびただしい蚊がいっせいに立った。しかしこれは弱々しい秋の蚊で、人間の体にたかる気力もないのか、間もなくまた、灰銀色に光る穂に戻って、ひっそりと固まった。

叢《くさむら》の隙間《すきま》が、丁度真北に向って、諏訪湖を見渡せるようになっている。湖は雨気に煙っている。汀《みぎわ》のあたりには黄ばんだ芒《すすき》が水に倒れ、沢瀉《おもだか》の点々と水にうかぶ葉の下を、ゆるい半円のさざなみが、しずかにこちらへ寄せてくる。今は湖をわたる風も、この程度にほのかだが、冬に入ると、徐々に、諏訪の山々から下ろす北風が、湖面をつたわって、ここ小野崎村へまっすぐに吹きつけるようになるのだ。

きょうの眺望は全く利かない。湖はただ模糊《もこ》として、遠い水墨をぼかしたような山々に囲まれている。水面の距離もおぼろげで、はっきりとつかめない。漁船も見えず、やかましい拡声器をつけてこのあたりを遊弋《ゆうよく》する遊覧船の姿もなく、ただ遠い湖面に点々と、野鴨が浮んでいるだけだ。

ただ、僕の目は、丁度真正面の対岸に立っている白い四角い建物に惹《ひ》かれている。それは雨霧のなかでも、その純潔な白さを失うことがない。それは小さな角砂糖を並べたようにしか見えないが、そこにはたしかに別世界があるのだ。

それは数年前から下諏訪の町にできた、もっとも近代的なカメラ工場だ。デルタ・カメラの名は、今では世界に鳴りひびいている。

あそこには日本のもっとも近代的な精密工業が花をひらき、こんなさびしい小部落とまるで百年ほどもちがうような、尖端《せんたん》的な日本が脈打っている。工場のなかはすべてモダンなデザインで、清潔で、どこもかしこもピカピカしているということだ。あそこは東京よりも新らしいのだ。

しかし僕があこがれているのは、工場自体ではない。あそこに働らいている美しい娘たちだ。デルタ工場の娘たちは、美しい顔と姿で選りすぐられている、という町の評判だし、事実、僕も上諏訪の町へ遊びに来た彼女たちの姿を見たことがある。みんなひときわ垢《あかぬ》抜けた身なりをして、ピチピチした若さにあふれ、清楚《せいそ》で美しく、それでいて、どこかツンとした近寄りにくいものを漂わせていた。彼女たちはここらの町の、いわば貴族の娘だった。

あの近代的な工場で働らくことが、平凡な村の娘たちをも、数ヶ月で完全に変えてしまう。笑い声までが、花やかで、すきとおって、誇張していえば、天使みたいだ。

どうして彼女たちは、あんな都会的な表情をみるみるものにしてしまうのだろう。

そこの娘たちを思うときだけ、僕は漁夫としての自分の姿に絶望を感じる。どんなことをしても僕はあの工場に勤めて、近代的なテキパキした青年になって、彼女たちと冗談を叩《たた》き合い、一緒にピクニックに出かけたりする自分の姿を想像することはできない。あの工場と、この小野崎村とのあいだには、昔ながらの諏訪の湖がひろがって、二つを隔てているのである。

　漁のあいだは魚に気をとられて、工場のことを考えたことはないが、こうして仕事をおわって、じっと雨気に煙る対岸の白い小さな建物を眺めていると、幻想は際限もなくひろがり、夢は果てしもなくふくらみ、あの工場にいる娘たちの一人を、はっきりと思い描く自分を抑えることができない。

　それはきっと、小さな細面の、すらりとした、それでいて健康な肉のしまっている、色の白い、朗らかな娘さんにちがいない。化粧はほとんどしていない。笑うと美しい歯並びが見え、話すと言葉が湖辺の蘆《あし》のしげみをすぎる微風のようにさわやかに流れ出る。目が美しく、耳が若葉のように柔らかい。胸もとには、いたずらな二匹の小動物のように、まだ熟れ切らない乳房が揺れている。

　その人が僕の首に両手を巻きかける。僕がその人の細い胴を抱く。僕は自分がこの世に生れてきたのは、こんな幸福な一瞬間のためだったんだな、とぼんやり感じる。……

　――湖の雨気はますます濃くなって、デルタ工場の白い結晶体すら、消されてゆく白墨のあとのように、いちめんの灰いろの靄《もや》の中にあいまいになった。そうすると、幻想はますます鮮やかになり、僕の幻の娘は、湖の彼方《かなた》から、はっきりとおる声で、僕の名を呼んでいるような気がする。

そのとき、あたりに、急に、ものの煮えるような音がしだした。それはまたふりはじめた雨が枯れ蘆や萱の葉を打つ音だった。ほかには何一つ音がしないので、こんなかすかな雨のしめやかな音も、僕の心をいきいきとさせるのに役立った。

正木美代の章

ここデルタ・カメラ工場では、新らしい工場管理の方式が全部テストされている。社長さんのお話では、アメリカにもこれほどモダンな、あらゆる新らしい設備をそなえた工場はなかなかないということだ。

私は松本市の高校を卒業してから、すぐにここの工場へ入って、IBM室に配置され、二ヶ月の講習をうけてから、パンチングといってカードに機械で穴をあける仕事にいそしんでいる。

ここの工場のきれいなこと、若々しいことといったら、この目で見なくては信じられないほどだ。だって、社長さんが三十九歳で、従業員の平均年齢が二十二歳八ヶ月、女子だけの平均をとったら、もっと若いだろう。

東京へ東京へと草木もなびく世の中だけれど、この工場で暮していると、東京なんていっても知れてるわ、という大それた気分になる。それほどここは純粋に超現代的で、東京みたいにいろんなもののごった煮ではない。一度この工場の門をくぐったら、そこはもう、近代日本が試験管のなかで培養されているみたい、私たちはもっともモダンな機械工学の世界の妖精《ようせい》で、銀座を歩いている女たちも、モダンな点ではとても私たちにはかなわないと思う。

わけてもI・B・M社製の電子計算機をズラリと並べた部屋は社長の御自慢の部屋で、そこがあたかも全工場を支配する頭脳であるかのように、社長室のすぐおとなりの部屋を占めている。見学者は、このガラス張りの部屋のなかを、おそるおそるのぞき、塵《ちり》一つ落ちていない床の上に、宝物のように配置されている神秘的な電子計算機と、そのまわりにいる白衣の技師や、私たち女子従業員を、まるでちがった世界の人たちのように眺めるのだ。

社長さんはアメリカからいろんなアイディアを輸入した。各室のドアを、黄いろいドアにしたり、ピンクのドアにしたり、ブルーのドアにしたりすること。工員を男女ごちゃまぜに配置すること。……何から何までアメリカ風で、ここにいれば、アメリカにいて日本語を喋《しゃべ》っているようなもので、東京どころか、アメリカへ行く必要もないくらいだ。ひろい快適な化粧室。どこへ行っても塗りたてのペンキの匂い。

磨き立てた廊下を上履きの従業員たちが、音も立てずにさわやかに歩く。男も女も白い上っぱり。埃《ほこり》をいとう精密工業だから、その清潔なことは、近代的な病院みたい。

社長さんがアメリカから学んだアイディアの一つに、作業時間中たえず流れている音楽がある。午前中はクラシック。一時からは、午後の作業はじめの勇ましい吹奏楽。そして午後三時からはポピュラー音楽が、二百五十のスピーカーからたえず流れ出ている。

きょうの午後は、ラテン音楽だった。用事があって、シャッター工場へ行ってみたら、そこの機械のうなりまでマンボ調にきこえて、笑ってしまった。雨がふったりやんだりするこんなうすら寒い午後にも、工場のなかだけは明るくて、若さが渦巻いていた。

こう書くと、いいことずくめみたいだけれど、もちろんお勤めだから、辛《つら》いこともあるし、愉快でないこともある。でも、そういうときは、松本の家の、あの暗いしめっぽい日本の古い家のなかの雰囲気を思い出して、

「ああ、私は今、ああいうじめじめしたものと完全に絶縁しているんだわ」

と思うだけで、幸福になる。

今日のお午休《ひるやす》みに、同室の気まぐれな増田さんが、

「ねえ、展望室へ上ってみない」

といい出した。

「だって、今日なんか曇ってて、景色よくみえないわよ」

「いいじゃないの。電子計算機ばっかり見ている目は、たまにはぼわアンとした景

色を見て休ませるものよ」

「行くわ」

と横から成瀬さんが急にいい出したので、三人で行くことになって、オートマティックのエレヴェータアに乗った。

増田さんも成瀬さんもこの土地の人だが、同じ土地で生れたと思えないほど気性がちがっている。増田さんは大柄で、大ざっぱで、気まぐれで、そのくせ一面、ひどく子供っぽい感傷家であったりロマンチストであったりする。厚化粧というのではないけれど、クリーム一つでも、人差指の腹でグイとえぐり出して顔につけるので、顔が必要以上にテカテカして、一メートル四方にクリームの匂いを発散することになる。髪なども真黒で豊かで、すべてが南国風だ。

成瀬さんは小柄で、何かじっと考え込んでいる風で、そのくせ行動はなかなか思い切ったことをする。物事によく気がつくことでも増田さんの比ではない。くりくり動く目をしているけれど、それがたしかに可愛い印象を与えるのだけれど、そのわりにユーモアがなく、おそろしいほど生まじめな人だ。

三人は最上階でエレヴェータアを下りると、人気のない廊下を展望室へ向って歩いた。そこは大講堂のロビイのようになっていて、見学者でもないときは、めったにそこに人のいることがない。従業員のほとんどはこの土地の人だから、諏訪湖《すわこ》の景色なんかめずらしくもないのだ。

私たち三人は、雨気に煙っている諏訪湖へ一寸目《ちょっと》をやった。上諏訪寄りの小さな初島が、ぼんやりと、水とも煙ともつかぬものの上にうかんでいた。展望室の大きなガラス窓を、こんな憂鬱《ゆううつ》な湖面が、何だかいちめんに灰いろに汚しているような気がする。ここの工場の窓ガラスはどれも曇り一つないので有名なのに。

対岸の名もしれない村の柳と竹藪《やぶ》が、雨霧のうちに霞《かす》んでいる。あそこにも住んでいる人があるにちがいない。半分湖に浸されたような、低い、霧に包まれたあの村には、ここの工場にあるようなものは何一つないにちがいない。

展望台というのは口実なので、三人はいつのまにか、男性論をはじめた。

「私、五尺八寸以下の男の人って全然魅力感じないわ」

と増田さんがいった。

「そんなことをいってる人が、五尺三寸ぐらいの男性と熱烈な恋愛をはじめるに決ってるんだから」

と私が茶々を入れた。

成瀬さんはさすがにそんな尺貫法的男性論には加わらないで、滔々《とうとう》と自説を主張しはじめた。

「でも男の人って、ともかく私には謎だわ。女みたいに謎めかした謎じゃなくて、一番あけっぴろげで単純で、それでいて一番解きにくい謎だわ。お腹《なか》の底では女をばかにしながら、そのばかにしているものを欲しがってじたばたしている。何となく憂鬱そうな、知性的な人だと思って惹《ひ》かれると、その人が思いもかけない散文的なケチな男で、ラーメン一つ喰《た》べるのにもワリカンにしようといいだしたり、朗らかなスポーツマン・タイプだと思うと、実は陰険で神経質で、ひどいやきもちやきだったりする。気持のやさしそうな人だと思えば、心の中へ入れば氷のように冷酷だったり、洒落《しゃれ》や冗談が上手でいい遊び友達だと思えば、伯父《おじ》さんの又伯父さんが元厚生大臣だなんていうことを大へんな自慢の種子《たね》にしていたり、勉強家だと思うとノイローゼだったり、詩人肌だと思うと招き猫を机に飾っていたり、……本当に何が何だかわかりやしない。それでいて、みんなどこかドスンと抜けていて、どこか単純で、平気で尻尾《しっぽ》を出して歩いているようにみえるんだから、始末がわるいわ」

こういう成瀬さんの感想にはいちいち実感があって、体でぶつかって得た経験という重みがありそうだったが、増田さんの主張はあいかわらず表面的で、

「あら、そんなことといい出したら、男に限らず、女だって、見かけと中身のちがうのはいっぱいいるわ。男が化物なら女だって化物でしょ。私はとにかく、色が浅黒くて、背が五尺八寸以上で、スポーツマンならそれでいいの。どんなに根性が悪く

たってかまやしないわ。第一、一緒に連れて歩くのに見場がいいもの。たとえば秘書課の住川君なんか、一緒に外を歩けると思って？」

と皆の間で笑い物になっている住川君が引き合いに出されたので、成瀬さんも私も笑った。この人はちんちくりんで肥《ふと》っていて、すっとんきょうな眼鏡をかけており、やたらと女の子に親切で、しかも誰からもまともに相手にされない気の毒な青年である。いつか社長の五歳になるお嬢さんが工場へ遊びに来たとき、彼女だけは住川さん住川さんとなついて離れないので、住川君は未来の社長のお婿さんの資格がある、とまたみんなにからかわれてしまった。どうして俺は六つ以下と六十以上の女性にしかもてないんだろう、と住川君は憤慨している。

「一体正木さんはどうなのよ。一人だけ黙っていてずるいわ」

とうとう私へ鉾先《ほこさき》が廻《まわ》ってきた。私はいつものように黙ってニヤニヤしていた。

私がたびたび同じ職場の男性に誘われても、色よい返事をしないので、お高く止まっていると噂されていることは知っている。

別に私の理想が高すぎて、彼らを無視しているというわけではない。ただ何となく、みんなのように浮ついた気持で、あの人を好きになったりこの人を嫌いになったりという心境になれないだけだ。私もまだ十九歳だし、それなりの夢は持っているし、また一方、いろんな雑誌や目や耳からの知識もあるし、まさか赤ん坊が木の股《また》から生れるとは思ってやしない。

はじめて松本からここへ受験に来たときの汽車がひどく混んでいて、私が鞄《かばん》を抱えてうろうろしていたとき、白い丸首のスウェータアを着た学生らしい人が、物もいわずにいきなり大きな腕をひろげて、私の鞄を網棚へ上げてくれたことがある。私は何んだか自分の体が運び去られたようにはっとしたが、大きな白い鳥の翼みたいな、あのスウェータアの腕はへんに忘れられない。あれは何だか、地球でも丸ごと抱え込んでしまいそうに大きな温かい腕だった。あれは、多分馴《な》れない一人旅におどおどしていたこちらの気持のせいもあったろうが、夜空の両端《りょうはじ》から大きくひろげられて私の体へ廻されてきた二本の腕のようだった。その腕が私の鞄を網棚へ上げるとき、私の頬のすれすれのところをよぎった。そのとき、白い毛糸の焦げたような匂いをちょっと嗅《か》いだような気がした。あれは毛糸の匂いだったのだろうか。でも、ほかの毛糸はあんな焦げたような匂いなんかしない。

おかしいことは、私がもうその学生の顔をすっかり忘れてしまっていることだ。何でも赤い頬をした朗らかそうな顔立ちの人だとおぼえているけれど、記憶はまるでぼやけていて、今また会っても、きっと思い出せないにちがいない。それというのも、そのころの私は、彼の顔をじっと観察する余裕なんかなかったからにちがいない。だからおぼえているのは、白いふくふくした毛糸の腕のかすかな毛糸の匂いだけなのだ。

それをいつまでもおぼえていたところを見ると、あれも一種の恋だったのかもしれない。そんな記憶ならこれだけではなく、ほかにもいくつかある。でも、みんな断片的で、一人の人に夢中になれたというおぼえがない。

私はどうかしてるのかしら？

このごろでは同じ職場の友だちも、私のことを晩稲《おくて》だと決めてかかっている。

私はみんなが夢中になる映画スタアや歌手にもそんなに夢中になれない。可愛いなア、と思うこともあるけれど、ああしてしじゅう愛嬌《あいきょう》をふりまいているのも辛《つら》い商売で、来る日も来る日もカードに穴をあけているのと大してちがわない、という感じがする。あの人たちの微笑の口もとも、私が毎日カードにあけている何千何万の四角い穴と同じように見えてくる。だから、いつか工場の大体育館へ、有名な歌手の文野敬二が来たときも、みんながサイン帳をふり立てて楽屋へ殺到したのに、私はしらん顔をしていたので、変り者扱いをされてしまった。

工場には愉快な男の子もいっぱいいるけれど、どうしてこのごろの男の子は、奇《き》を衒《てら》うようなことばかりして、女の子の気を惹こうとするのだろう。工場の屋上のコンクリートの囲いの上で、逆立ちをやってみせたりして、何の益があるのだろう。スリップ・オンの靴の飾りベルトに、百円玉をはさんで光らせてみて何になるのだろう。……

まあ、とにかくこの世の中には、まだ私にはわからないことがいっぱいあるらしい。自分で自分はこうと決めてしまうのは愚かなことだし、私は私でのんきにやって行こうと思っている。私のふしぎな特色のある性質というのは、『あんまり淋《さび》しがらない』ということだ。第一、家もそんなに恋しくないんだし。……

――私が返事をしそびれていると、ラウドスピーカアからチャイムの音が流れだし、それにつづいて、勇壮なるマーチがはじまった。

「さア始業だ。ずるいわ、正木さんが何もいわないうちに」

と増田さんはふくれっ面《つら》をした。

「仲よくしましょうね」

と私は二人の肩へ両手をかけて歩き出した。白い木綿の上っぱりの下の二人の肩には、一生けんめい何かを夢みている娘らしい肉がほんのり感じられた。『私もこういう夢みがちな肉を持っているんだわ』と、ふと私は、私自身をひどく危険に感じた。

エレヴェータアの中でもまだ、

「ずるいわ。ずるいわ」

と増田さんは言っていた。

大島十之助というのは、もちろん俺の本名ではない。上諏訪《かみすわ》の町で「湖畔文学」という同人雑誌をはじめるにつけて、何か人目につく筆名はないかと思い、こんなチャンバラ俳優のようなペン・ネームをつけたわけだ。

それにしても俺の同人雑誌歴も何年になるだろう。はじめて友人と出した雑誌「孟夏《もうか》」が二十一歳の時だから、もう二十五年昔になる。前の筆名は大人しすぎて、どうしても中央文壇の注目を惹《ひ》くことができなかったので、先年「湖畔文学」をはじめてから、今の筆名に変えたわけだが、姓名判断の巧《うま》い菅野さんも、これなら成功するだろうといっていた。

同人費などは漁協の給料では出しきれないので、女房が出してくれている。女房は上諏訪一の映画館みずうみ座のすぐ前に、「アルネ」という喫茶店をひらいていて、女房のほうが俺よりずっと金持だが、店の名はビエルンソンの小説の題をとって、俺がつけてやったのだ。

漁協の勤めは体を何となくなまぐさくするので、勤めがすんで風呂《ふろ》に入ってからでないと、俺は「アルネ」に出入り差止めである。しかし「アルネ」へ行けば、女房が必ずトリ・ハイをすぐ出してくれる。尤《もっと》も一晩三杯が掟《おきて》で、それ以上呑《の》みたかったら、身銭を切ってほかのバアへでも出かける他はない。

俺は目下、第五号に書く小説を書きあぐねている。題は先に、

愛の疾走

と決ってしまったが、どうしても物語ができてこない。この題はすばらしいロマンチックな都会的な題で、中央文壇の小説にもこれだけのものはあまりないだろう。しかし何を書いていいかさっぱりわからない。やはり地方主義の立場から、この地方独特の土地の香りのするものを書きたいのだが、どうしても想がまとまらないのだ。

夕方、漁協を出て、灯《ひ》ともしごろの裏町をぶらぶら家の方へかえってくるあいだも、俺の頭は、そのことに占められていた。

戦災に会わなかった上諏訪の町は、高島城址《じょうし》の近くは殊に古色がゆたかで、ゆったりとした道幅の左右に、古い邸塀がつづいている。黒板塀に古風な門灯がともって、内科小児科の看板を出している医院なども、この町独特のものだろう。

俺が考えながら歩いていると、チリチリンと自転車の鈴音がして、

「相沢さん、今晩は」

と本名で呼びかけられた。

「やあ」と俺は顔をあげて、「ああ、小野崎の……」

といいかけた。

「田所です、おかえりですか」

と青年は長い足を、ズルズルッと暗い地面に擦《こす》って、自転車を止めた。

「ああ。どこへ行くんだね」

「映画です。土曜の晩ですから」

「なるほど土曜だったな。今、何がかかっているんだい」

「山野旭の『情熱の爆風』です」

「ふうん」

人づきの悪いほうの俺が、今まで魚のこと以外口をきいたことのない漁村の青年と、こんなに親しげに話してしまったのは、どうしても題材がまとまらなくて、イライラした頭が、誰でもいいから、解放してくれる相手を求めたのだ、としか解釈のしようがない。

青年のほうも、何となく孤独を感じていたのだろう。そのまま自転車を引きずって、俺に雁行《がんこう》して歩いていた。

この田所という青年には、しかし俺は前から、多少感心していた。この一帯で、こんなに純朴な、まっ正直な、昔ながらの気風の青年はあまり見当らない。そんな性格のせいか、あまり友達がないらしいのだが、漁協の中でも、彼の評判は大へんよくて、それで俺も名前をおぼえていたのである。

青年は黙って俺について来ていたが、白い丸首のスウェータアを着て、ズボンもそんなに細くなく、すべてに清潔な印象を与える。丁度通りかかった電気器具の店の明るい照明で、顔がはっきり浮き上ったが、すずしく刈り上げた衿《えり》元も若々しく、その横顔も意外に整っていて、一抹の淋《さび》しさが頰に漂っているのがなかなかいい。

『ああ、これだ！』

と突然、俺のなかにインスピレーションが湧き起った。

『この青年に何かすばらしい恋愛をさせてやればいいんだ』

小説はそのあとを辿《たど》って行けばいいわけで、きっと清純な、都会人には書こうにも書けない恋物語ができあがるだろう。湖の背景も絶好だし、「湖畔文学」という誌名にもピッタリのものができあがる。これがキッカケで、俺が中央文壇に名をなすようになるだろう。そうすれば、今中央で時めいている流行作家などは、みんな俺の後塵《こうじん》を拝するようになるにちがいない。これだ！　これだ！　そう思うと、俺はむやみと昂奮《こうふん》してしまい、何でもかんでも、善は急げという心境になった。

「君は『アルネ』という店を知ってるかね」

「いいえ」

「みずうみ座の真前のモダンな喫茶店だぜ」

「いや。……いつも映画がはねると、まっすぐ帰って来てしまうもんですから」

「模範青年だな」

　というと、田所は、片手をハンドルから離して頭を掻《か》いた。

「その喫茶店はね、俺の女房がやってる店なんだよ。映画がはねたら、ぜひ寄りたまえ。デルタ・カメラのきれいな娘さんたちも、ちょいちょい遊びに来るぜ」

　すると、夜目にも、青年がパッと頬を赤らめたように見えた。俺はこれを見て、こりゃあ、ひょっとすると、すでにデルタ・カメラに恋人がいるのかな、と気を廻《まわ》した。

「寄りたまえ。コーヒーぐらい奢《おご》るから」

「は。ありがとうございます。じゃあ、映画の時間がありますから」

　青年はもう一瞬もその場にいるのに耐えられないように、自転車にまたがると、何度もお辞儀をしながら、盛り場の灯が遠くにきらめいている暗い横町へいっさんに駈《か》け去った。その白い丸首スウェータアのうしろ姿は、諏訪湖の伝説にある白い狐のように、闇のなかに飛んで行った。

第一章

一

上諏訪《かみすわ》の町は温泉町らしく、やたらに明るい土産物店や湖の魚を商う店が軒を並べているけれど、その駅前通りの片側には歩道もなく、すさまじい勢いですれちがうトラックを、たびたび店先へ身を寄せてやりすごさなければならない。映画館へ入る前に、自転車を引きずりながら、その明るすぎる照明のおかげでかえって淋《さび》しい町を、ぶらりと一通り見てまわるのが修一の習慣だった。彼の人に知られないたのしみは、名産の魚を売る店をあれこれとのぞいて歩くことである。

鯉、なまず、わかさぎ、鮒《ふな》、そして丸い鼻をつきだした小柄な姫鱒《ひめます》……。そのわかさぎは串焼《くしやき》にされたり紅梅煮にされたりしているけれど、店の入口の濁った鶯《うぐいす》いろの水の水槽には、鯉や鮒などの活魚《いけうお》が泳いでいて、その一匹が、あるいは自分の漁《すなど》った魚ではないかと思われることがある。鯉の髭《ひげ》が水にゆらめいて、

硝子《ガラス》のおもてに顔を近寄せてくるときなど、魚の顔にも何となく見おぼえがあって、

『あッ、こいつは昨日つかまえた奴だ』

と思われるときがあるのである。

そうすると、折角ひろい湖の生活をたのしんでいた魚が、自分のおかげで死を前にした囚《とら》われに沈んでいるという哀れよりも、何となく、若々しい漁師の誇りが修一の胸に浮んでくる。

あんまり永いこと眺めていると、店のおばさんがやってきて、

「いらっしゃいませ。お土産ですか」

などと見当外れの挨拶《あいさつ》をすることがある。そんな挨拶をきくのも修一は好きだ。誰が自分のつかまえた魚を、改めて魚屋で買う奴がいるだろう！

わかさぎの串焼の香ばしい匂い。半ば焦げたその細い魚身の、ほのかに青みを帯びた麦いろのかがやき。……彼は魚というものを、しんから美しいと思う。

――時計を見ると、もう二本建ての映画の最終回のはじまる時刻だった。通りから二三段昇って、自転車を預け、窓口で切符を買った。そして場内の暗闇の中に身をひたして、ほっとした。

たちまち彼の目の前には、天然色シネマスコープの、むやみとテンポの早い、荒《こう》唐無稽《とうむけい》な筋立ての活劇がはじまった。やたらに強い主人公、アメリカ風の牧場、馬

に乗ってあらわれる黒ずくめの衣裳《いしょう》の殺し屋、たちまち迸《ほとばし》る拳銃《けんじゅう》の火、……それらは修一の生活とまるでちがって、変化にみちた色彩ゆたかなスリリングな生活だった。

『あんな馬鹿な話はどこにもないんだぞ』そう思うことで、修一は安心して陶酔した。同じ日本人でありながら、そこに現われる主人公は、みじめくさいところが少しもなく、ただギターを弾いて民謡調の主題歌をうたうときだけ、びっくりするほど甲高いやるせなげな声を出した。『あいつはなんて脚が長いんだろ。犬にまたがるみたいに、らくらくと馬にまたがる』……そして必ず、清楚《せいそ》な少女が主人公に打明けない恋心を抱いていた。清流のほとりの心のときめき、河原の石の上のほのかなラヴ・シーン。……

これが山野旭の「情熱の爆風」という映画のあらましだった。毎週見る映画は、題こそちがえ内容は同じようで、しかも何度同じようなものを見せられても修一は飽きなかった。

主人公が女に対して全然不器用な態度を見せないことが彼の気に入っていた。いつも山野旭はちょっと片方の肩をそびやかせて、水を見るように女を見、そして独特のやさしい微笑をうかべた。ああいう芸当は誰にも真似られるものではない。修一は道を歩くとき、美しい女が向うから来ると、急に身を固くして道をよけてしまうのだ。彼には何だか自分の影が、女の運んでくる美しい空気を汚してしまうような気がするのである。

彼のこんな臆病《おくびょう》な性格からも、山野旭が、この町の不良青年たちのようにいきなり女のお尻《しり》を撫《な》でたりせず、ごく淡白に女をあしらうところが、修一は好きであった。

――映画がはねる。

そんなに満員でもないのに、出口は多少混雑する。すでにトーキーの音楽もやみ、閉ざされた舞台の幕が侘《わび》しい明るさの裡《うち》に揺れやまず、床には蜜柑《みかん》の皮やタバコの吸殻やチョコレートの包み紙が散らばり、威勢よく出てゆく若い客の下駄《げた》の音が、コンクリートの床にうつろに反響する。その明るさに修一は目《ま》ばたきをして、自分がいつもの生活へはっきり呼び戻されたことを感じている。前のほうの席で見ていた彼は、出てきたときは一等おしまいになった。

彼は自転車を引き出しながら、名残おしげに映画館をふりかえった。表てつきはすでに灯を消し、暗い飾窓の中のスチール写真が、路上をゆくトラックのヘッド・ライトを受けてチラリと光る。拳銃を手にした山野旭の大きな絵看板だけが、星空を背に、軒先高く立ちはだかっている。それを見ると修一には、つい今しがたまで広い画面に暴れまわっていた山野旭という人物が、急に空疎な、わびしい影にすぎなかったと思われてきた。

二

いつもならここで彼の土曜の晩はおしまいだった。今夜はまだ先がある。

修一は大島十之助の言った「デルタ・カメラ」という名をきいただけで、教えられた喫茶店「アルネ」へ行く足が重たくなった。湖の向う岸に眺めていたデルタ・カメラの建物が、突然自分と関係を持ち、幻の娘が急に現実の娘に変貌《へんぼう》するほど、怖ろしいことがあるだろうか。それは自分で自分の夢に決着をつけてしまうことではないだろうか。

彼は単調な湖の漁のくらしのあいだに、頑《かたく》なに自分を守って来た。遊覧船は一種の土地の仁義で、漁る舟を見ると、漁の邪魔をせぬように遠く迂回《うかい》するが、こう叫んでいる拡声器の声だけは無遠慮にひびいてくる。

「只今《ただいま》漁の最中でございますから、遠慮して迂回してゆくことにいたしましょう。ごらん下さい。年寄の舟は細かいきよめという網で、丁度小鳥を取る霞網《かすみあみ》のような張り網で、わかさぎを取っております。若い人の舟は主に投網で、あ、投げました、投げました、と申しましても三塁打かホームランか、ここからは漁獲の数までもはっきり見えないのが残念でございます」

こういうガイドの声がしずかな湖上に流れると、遊覧船の甲板からはいくつものカメラのシャッターが切られ、五六十米《メートル》ほど離れていても、そのシャッターの音ははっきりきこえる。旅行者たちの色とりどりの洋服、幾組かの新婚旅行のカプル、それらのざわめきにつれて、拡声器は流行歌を流しはじめ、船はゆっくりと船首をめぐらして去ってゆく。

こんなことには修一も馴《な》れていて何とも思わないが、それでも、旅行者たちの好奇の目にさらされるのはあんまり好きではない。この湖は父祖代々の漁場であり、日本人として自然な姿、自然な身なりで、昔ながらの漁法を守っているにすぎないのに、どうして同じ日本人が日本人の目に見世物にならなければならないのだろうか。どうして昔ながらの日本人の生活が、それほど珍奇なものと見なされるのだろうか。『僕はまるでアメリカ・インディアンみたいに眺められている』と少年の修一は、憤慨して考えたこともあった。

しかし今はそんなにいきり立つこともない。自分とああいう人たちとは、無縁な他人だと思うだけである。『見たければ、見るがいい。見せてやるぞ』という程度の気持になれる。

修一の夢は、だが、もう一つその先にあるのだ。無遠慮な好奇心に充《み》ちた旅人たちの世界のもう一つ先に。
それがあのデルタ・カメラの工場であり、そこに住む娘たちだった。だから彼女たちは、遊覧船の乗客などとはちがって、あくまで彼に一顧の関心だに与えない幻の存在であるべきなのである。おぼめく湖の彼方《かなた》の近代的な明るい工場で、およそ汚ない囲炉裏ばたや、ささくれた畳や、破れ障子などとは縁のない世界で、明るく笑いさざめき、元気よく働らいている美しい娘たちでなければならない。……それが手の届くところに近づいて、笑いかけ、冗談を言う。修一にはそれが狂おしいほど幸福であるかも知れないが、同時に耐えがたいことだとして感じられたのである。

三

「アルネ」は映画館の真前にある山小屋風のしゃれた喫茶店だった。映画館のかえりの若い男女が四五人入って行ったが、修一はどうしても入る気になれなかった。そうかといって家へかえる気にもなれず、ぼんやりと自転車を引いて歩くうちに、下諏訪行のバスの停留所のところへ来た。申訳ばかりの板囲いがしてあって、緑いろの剝《は》げかけた粗末なベンチに、腰かけて待てるようになっている。あたりの商店はもうすっかり戸を閉ざしている。

自転車のスタンドを立てて、ベンチに腰かけると、吐く息も白いほどの晩秋の夜の冷気が、修一をほっとした気持にさせた。

『僕はやっぱりベンチのほうが似合ってる。喫茶店なんて』と思って、ときどき目の前を狂おしく疾走するトラックの影に遮《さえぎ》られる星空を眺めやった。帰るべき家とは反対の方角だが、このバスに乗って、デルタ・カメラの工場の、寄宿舎のあかりをめざして、揺られて行きたいような気がした。

この停留所は「アルネ」から五十米ほど離れている。ふと見ると「アルネ」から賑《にぎ》やかに出てくる三人組があって、それがまっすぐに停留所へ向ってくる。三人とも流行のしゃれたコートを着て、近づくにつれて、美しい娘たちだとわかった。きっとデルタ・カメラの娘たちだと思うと、修一の心臓はへんなつまずくような音を立てた。でも今さら逃げ出すわけには行かない。三人とも話に夢中で、幸い修一に注意を払っているようには見えない。一人は黒い髪の豊かな大柄な南国風の娘、一人は小柄で可愛らしいよく動く目の持主だったが、真央《まんなか》の娘が修一の心をふしぎな不安でいっぱいにした。それは湖畔で対岸を眺めながら漠然と空想していた顔立ちにそっくりだったのである。

赤いコートのよく似合う色白な、小さな細面の、すらりとした娘で、しかも健康さと活気が話し方一つからも窺《うかが》われる。夜目にも白い歯並びが美しい。

三人の娘は停留所まで来ると、まるきり修一を無視して、ベンチに乱暴に腰かけたので、修一は小さくなって半ば背を向けて身をずらした。しかし立ち去る気にはならなかった。娘たちの話に強い好奇心があったからだ。

「大体バカにしてるわよ」と小柄な娘が、生まじめな調子で、つっかかるように言っていた。

「小説のタネにするんだから、漁師の青年と会ってみないか、なんて。私たちのこと、なんだと思っているんだろう」

「でも、いかにも大島さんらしいわ」

と修一の好きな娘が言った。その声が、夜気の中へにじみ出るほどあざやかで美しかったので、もし「漁師の青年」に対する軽蔑《けいべつ》的な言葉がこの人の口から出たら、自分はそのまま死んでしまうだろうと修一は思った。

「でも、漁師の青年でも五尺八寸以上ならいいな」

と大柄な娘が、髪を両手で包み上げるようにしながら言った。

「また!」と小柄な娘はたしなめて、「でも、私たちがその話をきいて、急に怒ったふりをして出て来たら、大島さんおどろいてたわね。『すまんな。もう一寸《ちょっと》待ってくれ。映画がはねたら、すぐ来るんだから。実にいい青年だから。俺が保証するから』だって」

「誰もあの人にお見合なんてたのみやしないわ」

と美しい娘が平静な微笑と一緒に言った。

「お見合ならまだしも、小説のタネにするため、というんだからニクいわよ」と大柄な娘は、急に体が揺れるほど笑い出して、「それだから私たち、『ほら、ごらんなさい。映画はもうとっくにハネて、猫の子一匹いませんわよ』って、外を見せてやったんだわね。大島さん目を丸くしておどろいてたわ。

『おや、どこへ行ったんだろう。たしかに来るって言ってたのに』だって。あの人、夢でも見てたんじゃないかしら」

「あの真暗になったみずうみ座は、一寸象徴的だったわね。山野旭のピストルを持った看板がぼうっと浮んでいて」

「私、山野旭ならいいけどな。正木さんは？」

と大柄な娘が言った。

修一は自分の白いスウェータアの背が緊張するのがわかった。これにあの娘が返事をすれば、娘の名が正木ということだけはわかるのだ。しかもその返事が肯定だったら、どうしよう。

「山野旭？　へえ？　私、映画スタアなんか興味ないわ」

修一は心の中で「万歳！」と叫ぼうとして、自分の軽薄さにおどろいた。

「あんな調子だから、ろくな小説も書けないんだわね、大島さんは」と小柄な娘は生意気な調子で、しきりに自説を主張していた。「人間なんて、実験室のモルモットとちがうわよ。偶然みたいに男の子と女の子を会わせて、それで小説みたいなロマンスができるなんて、本気で思っているのかしら」

「しかも向うは一人、こっちは三人よ。三人で一人をとりっこするストーリイなんて、まあ、分が悪い」

と大柄な娘が憤然として言ったので、三人は体をつつき合って笑い出した。

修一はこんなに明るい女たちのざわめきをはじめてきいたような気がした。それは彼の家庭では決してきかれない明るい花束のような笑い声で、きいているだけで体がほてるような気がした。女たちの笑いさざめく声というのは、どうしてこんなにたのしいのだろう。湖の上に洩《も》れて映る大きな旅館の宴会の灯のようだ。そこでは地上の快楽が、一堂に集まっているように見えるのだ。

「でも」と正木という娘は落着いた声で言った。

「大島さんってやっぱりいい人だと思うわ。もう少し人が悪ければ、私たちに黙っていてじっと観察する筈《はず》だし、そのほうが小説にも役に立つと思わない？　でも、自分の思いつきに嬉《うれ》しくなってしまって、つい喋《しゃべ》っちゃうところなんか……」

「だから、いい小説が書けないのよ。小説家ってもっと意地悪じゃなくちゃ……」

修一は、人の悪口を言わない娘の美点を、こうして絶対に見栄のまじらない場所で、確かめることができて嬉しかった。そう思うと、「意地悪な小説家」は、どうやら修一のほうではないかという気がして顔が赤くなった。

——バスがゆらゆらと駅のほうから近づいてきた。

「あらバスが来たわ」と三人の娘は言いながら、一向ベンチを立上ろうとしなかった。

いよいよバスが巨体を道の際へすりよせて止り、車掌が甲高い声で、

「下諏訪行！　お乗りの方はありませんか」

と叫んだとき、一種の夢見心地にいた修一は、何だかそのバスにぜひ乗らなければならぬという義務感のようなものにかられて、かたわらの自転車のハンドルを片手で引っぱったまま、娘たちより先にバスの乗り口へ近づいた。

娘たちのあとからバスに乗ることには気おくれがして、決してあとを尾《つ》けるという形でなく、当然乗るような顔をして乗りたかったのである。

彼は左手を自転車のハンドルにかけたまま、右手をバスの手すりにかけて、しゃにむにタラップに足を載せかけた。

「もしもし！　自転車はバスには乗車できません！」

と車掌が金切声をあげた。その一言で、修一は我に返ったが、我に返ると、乗客

や三人の娘たちの笑い声に包囲されて、ますますあがってしまい、バスの手すりにかけた右手を離す余裕をなくしてしまった。運転手はむやみと警笛を鳴らした。

修一の白いスウェーターの腕は、バスの乗り口の手すり高く、貼りついたように離れず、三人の娘の乗客に通せん棒をする形になった。

「自転車は乗れませんったら！　さあ、他の方、早く御乗車下さい」

そのときいの一番に、すばやく修一の腕の下をくぐり抜けてバスに乗り込んだのは正木という娘だった。青年の態度の不器用さに、彼女は少しも恐怖を感じないで、全身で笑っていた。

正木美代は、バスケット・ボールの時の身軽さで、ふっと巧みに青年の腕をくぐり抜けた。しかしその白い毛糸の腕の下をむりにくぐり抜ける瞬間に、思いがけない感動があった。彼女の笑いは止まってしまった。

上りきると、美代は思わずふりむいて修一の顔を見た。それはむかし汽車の中で鞄《かばん》を網棚に上げてくれた学生の顔とはちがっていた。いや、あの学生の顔はまるでおぼえていないのだが、たしかに別人であることにはまちがいがない。しかもその毛糸の白い腕の先には、どうしてもこんな顔がなければならぬ、と何とはなしに美代が考えていた、そういう顔、そういう素朴な目のかがやきを、そこに彼女は発見したような気がした。

これはきわめて短かい瞬間の出来事だった。美代と顔を見合わした瞬間に、修一は放心したように手を離し、あとからどやどやと乗り込んだ二人の娘は、彼の体を邪慳《じゃけん》に押しのけたので、このぼんやりした青年は、今度は自分の自転車を守って、よろめいて一二歩あとずさりをした。

バスは容赦なく走り出した。動きだす窓ごしに、吊革《つりかわ》につかまろうとして悶《もだ》える娘の美しい五本の指が、かがやく光りの中に浮んだ。バスは暗い町のかなたを、湖畔のほうの道へ走り去った。

修一はしばらく呆然《ぼうぜん》として、そこに立ちすくんだままだった。

四

『ひどい人だな。僕をあの娘たちに会わせて、小説のタネに使おうと思っていたんだ』

と彼は路上にゆっくり自転車を引きずりながら独り言を言った。

しかし心の中では全然怒っていなかった。幸福感でいっぱいになっていたから、他の考えは支離滅裂だった。片方では、大島十之助のこんな策略に、断然抗議を申し込みに行くべきだ、と思っていたし、一方では、大島氏との約束を破った詫《わ》びを言いに、どうしても「アルネ」へ行くべきだ、と思っていた。どっちにしろ、「アルネ」へ行かなくてはならない。彼は今自分の幸福感を誰かに打明けたいと思っていることを、頑固に自分でみとめようとしていなかった。

おかげで今まで入りにくかった「アルネ」のドアはスルリと押せた。入口に置いた自転車に鍵《かぎ》をかけて、通い馴《な》れた街の青年のように、肩でドアを押して入ったのである。

外側は凝っていても、中は何の変哲もない喫茶店で、カウンターの奥に洋酒の罎《びん》が並んでいるところだけが、いくらか威厳を添えていた。

客は五六組いて、薄暗い中を煙草の煙だけがぼんやり明るんで漂っていた。ラテン音楽のレコードが、何だか不釣合で寒々しい。

「あなた、田所さん？」

といきなりカウンターの中に立っている女がきいた。

「はあ」

「あら、主人がさっきから待っていましたのに。……映画はもうとっくにハネたでしょう」

「はあ。一寸《ちょっと》そこらを散歩してたもんですから」

「外は寒いでしょうに、もう。主人はシビレを切らして、お友達とマージャンをしに二階へ上ってしまったわ。きれいなお嬢さんももう帰っちゃったわ。タイミングがわるいわね、あなた」

「はあ」

「まあ、ここでコーヒーでも飲んでいらっしゃい。お酒は？」

「だめなんです」

勢い込んで入ってきた修一は、これで完全に出鼻を挫《くじ》かれたが、さっきの娘の前ではひたすらドギマギしていたのに、別の女の前では、初対面にもかかわらず、スラスラと楽な応対のできる自分におどろいていた。

大島氏の奥さんは三十恰好《かっこう》で、派手な緑の縦縞《たてじま》の洋服地の着物を着ていたが、お化粧らしいお化粧はしていず、その白粉《おしろい》くさくないところで、店の独特の雰囲気を保っているらしかった。珈琲《コーヒー》サイフォンでコーヒーを入れる手つきはさすがに馴れていて、アルコール・ランプに点火された青い焔《ほのお》が、カウンターの内側の暗がりに、奥さんの細い、よくしなう指の動きを照らし出した。それを見た修一は、さっきバスの車内の明るい光りの下に、吊革をつかもうとしてもだえた美しい娘の指を見たことを思い出して、胸の中がゆらめいた。

「主人があなたのこととても褒めていたわ。まじめで、今時めずらしい青年だって」

「いやあ」

とカウンターの高い椅子にかけた修一は、さっきからつづいている顔のほてりを持て余しながら、上の空できいていた。

「それだからこそ、私、あなたにこっそり教えてあげようと思って」

と奥さんは、重大な秘密を打明けるような目つきをした。

「主人はね、売れない小説を書いてるんだけれど、今度『愛の疾走』っていう小説を書きたい、って言い出したの。そのモデルが何とあなたなのよ。あなたをデルタ・カメラの可愛い娘さんに会わして、そこで恋愛でも起ったら、それを片っぱしから、小説のストーリィにしてしまおう、ってつもりなのよ。それで主人があなたをここに呼んだのよ」

「そうですか」

「あら、全然おどろかないの？　凄《すご》いわねえ。……あなた、ひょっとすると、主人のめがねちがいで、相当な遊び人なんじゃないかしら。でもどう見ても、そう見えないしねえ」

珈琲サイフォンが煮沸の音を立て、奥さんはきれいな小指を反らして、その蓋《ふた》を一寸ずらした。香ばしい匂いが修一の鼻先に漂った。

修一は夢のつづきを見ている心地で、自分がいつもの自分ではないとはっきりわかっていた。この親しみやすいお喋《しゃべ》りの奥さんとも、ずっと前から知っていて、自分がすでに物語の人物にずっと前から成り変っていたような気がした。今夜は目に映るものが全部美しく見えてしまう危険な晩だ。それというのも、彼がガラスの瓶の中のようなふしぎな世界に入ってしまったからだ。その世界の中では、正木という娘も、もうすでに彼の恋人だった。……コーヒーが出来た。彼はぼんやりとそれを胃の腑《ふ》に流し込んだ。奥さんは、そういう彼の顔を、ばかに落着き払った顔つきと錯覚して、次々と親身なお喋りをはじめた。

「あんまり主人からあなたのことをきいてしまったので、何だか初対面と思えないわ。ねえ、田所さん、私、本当のことを言うと、何とか主人に小説道楽をやめてもらいたいと思っているの。そりゃあお金もかからないで、いい道楽かもしれないけれど、売れない小説を一生けんめい書いている侘《わび》しさがたまらないのよ。小説だって、やっぱり才能の問題ですものねえ。

だから、この機会に、あなたにお願いがあるのよ。こんなへんな話からお知り合いになったんだから、あなたも乗りかけた舟のつもりできいて頂戴《ちょうだい》ね。

私ね、『小説家の考えなんて、現実には必ず足をすくわれるもんだ』ということを、主人にしみじみわかってもらいたいのよ。だからこの機会にあなたにたのむんだけれど、今度主人はあなたを見込んで、清純な恋愛牧歌小説を書くつもりでいるんだわ。だから、あなた、その裏をかいて、主人の頭を混乱させてやってくれないかな」

「というと、どういうことです」

「そうね」と奥さんは、煙の漂う天井を上目づかいで見て、目をくるくるさせた。

そんなときの彼女は、大そういたずらっぽくて、年よりは五つ六つ若くみえた。

「率直にいえば、あなたが今夜ここに来たのは、きれいな女の子に会いたかったからでしょう。主人の口車に乗ったにしても、ともかくあなたの目的はそれでしょう」

修一は答えなかったが、頬のほてりがますますひどくなって、背中までが急に痒《かゆ》くなった。

「あら、赤い顔してるわ、可愛いわね。でも、事実、さっきまでここに、とてもきれいな娘さんたちがいたのよ。その娘さんたちには、私の手引で、今度ゆっくり会わしてあげるわ。でも主人には絶対内緒よ。そうして主人が会わせてくれたときは、お互いに全然きらいなふりをしていなくちゃだめよ。それをしばらくつづけてみて、そうしてもし、……もしね、あなたが本当にその娘さんと愛し合うようになったら、……それでも主人の前ではきらいなふりをしつづけていられたら、……そのあげくに主人にも真相がやっとわかったら、主人の人間観察眼はゼロだったということが証明できるわけだわね。そうしたら、さすがの主人も、文学をあきらめるだろうと思うのよ」

修一はそこまで上の空できいていたが、さっきの美しい娘と、今までのような滑《こっ》稽《けい》な成行でなしに会える可能性があるということが、急に心にはっきりしてきた。彼は幸福感のために却《かえ》って頭が明晰《めいせき》に働らきだすのを感じて、

「で、奥さんは、大島さんの小説のモデルなんてことを全然秘密にして、何でもなく僕を彼女たちに会わせて下さるんですね」

「当り前ですよ。はじめはそうしなければ意味がないもの。いずれはわかってくるにしてもね」

「じゃあ、ぜひ、正木さんっていう人に……」

「あら、いやだ。あなたもう名前を知ってるの？」

奥さんが素頓狂《すっとんきょう》な声をあげたときに、

「おや、田所君、やっぱり来てくれたのか」

と手水《ちょうず》に下りてきた大島十之助が、裏階段から顔を出して、声をかけた。

第二章

一

それは曇った日曜の午後であった。霧のような雨がふるともみえずにふり、空の一部が白金《プラチナ》いろに明るむかと思えばかげって、それでもかなり暖かかった。

午前中から修一はそわそわしていた。

大島氏の奥さんが、きょうの三時に、高島公園で宝探しをやりましょう、と連絡してくれたのである。前以《もっ》て奥さんが、公園のほうぼうの目につかぬところに、いろんな色のおはじきを隠しておく。一方、女の子たちには前の晩に奥さんから、それに応ずる色のおはじきを選ばせておく。いざ日曜の午後三時に、若い男女が公園に集まると、男たちはあくせくとおはじき探しをはじめ、手の中にすでにおはじきを握った女たちは悠々とこれを見物し、それぞれ同色のおはじきを見つけた男と手を組むという段取だ。のろまで、なかなか探し当てることのできない男も心配は要らない。おはじきは集まる人数よりも数多く、ほうぼうに隠してあるし、もちろん一つおはじきを探し当てた男は、別のおはじきを探す権利を失うのである。

こんなルールを示した手紙が修一のところへ届き、手紙の差出人はもちろん奥さんだったが、修一の家族を憚《はばか》ってか、封筒には「アルネ内、湖畔の友の会」と記されていた。

あんまり待ち遠しかったので、修一が高島公園へ来たのは、三時までまだ十五分も間のある頃だった。

高島公園は、高島城の址《あと》である。湖からは一丁ほど離れていて、古木を沢山残した城址《じょうし》は、北に小さな濠《ほり》を控え、石垣の中には遊園地と護国神社がある。

ここはもと諏訪《すわ》氏三万三千石の居城で、一名島崎城ともいわれ、湖中に城郭が浮いているように見えるので、「諏訪の浮城」とも呼びなされた。

明治四年の廃藩置県で、天守閣その他が入札払下され、小さな美しい城は惜しげもなく取りこわされてしまった。

遊覧客はふしぎと、上諏訪の町のすぐかたわらのこの公園にまで足をのばさない。秋や冬には、そこでこの城跡はふしぎな憂愁を帯びるのだ。

修一はお濠と反対の南側の入口から、高い石垣の間をとおって、黄いろい大銀杏《おおいちょう》と拝殿の新らしい青瓦《がわら》が石垣ごしにのぞかれる護国神社の前へ出て、そこで自転車を下りた。神社の前の広い平坦《へいたん》な子供の遊園地には、見わたすかぎり人影がなかっ

「きっと早く来すぎたんだ」

と修一は思った。今から一人でおはじきを探し当てては、ルール違反になるだろう。

額にまで垂れて来そうな低い雨雲に閉ざされた空。子供一人いない遊園地は、いかにもガランとさびれて、わびしい感じがした。辷《すべ》り台《だい》も、遊動円木も、ブランコも、剝《は》げた銀いろのジャングル・ジムも、さきほどの雨に濡《ぬ》れていた。一角の古木の太い柳が、まんなかから裂けている。この晩夏、雷がそこに落ちたのである。その裂けた部分の、真新らしいコルクいろが雨に濡れているのは、この灰いろにくすんだ遊園地の唯一の鮮やかな色であるのに、それが却《かえ》っていたましい。

そして西側の木々のあいだに、雨にけぶる湖が、湖の幽霊のように見えている。こんな陰鬱《いんうつ》な風景のなかで、しかし修一の心は幸福に充《み》たされていた。今日はきっと正木美代も来るにちがいない。そうでなければ大島氏の奥さんがわざわざ彼を呼んでくれたわけがない。するうちに、幸福感は怖ろしい不安に変り、彼の心は忽《たちま》ち目の前の遊園地のようにうらぶれてしまった。

『もし僕が黄いろいおはじきを拾い、彼女が緑のおはじきを持っていたとしたら、どうだろう。そうすれば今日限り、彼女はほかの男に奪われてしまうかもしれないのだ』

不安は一そう時間の経過をおそくして、彼はただそのままに待っていることができなくなった。西側に並んでいる小さな動物園に近づいて、気を紛らそうと試みた。動物園といっても名ばかりで、朽ちかけた小屋が二三並んでいるだけである。動物の表示の札もなく、そばへ行くまでは、そんな凹《へこ》んだ腐りかけた金網の奥の、昼の闇の中に、何かがひそんでいようとは信じられない。

彼は檻《おり》に目を近づけた。

一つの檻の中では、臭い匂いを立てて、一匹の狸が寝藁《ねわら》の上にうずくまり、目だけはきらきらと人を警戒して、鼻をうごめかしていた。別の檻には、不きげんな猿の親子がいた。赤い尻《しり》は寒そうだし、老人のような手で何かしきりに食べている口もとは卑しげだった。

隣りの金網の中には、七面鳥が三羽、止り木に止って、闇の中に奇怪な姿をおぼろげに浮ばせていた。一羽は顎《あご》のなまなましい肉片をゆらめかせながら、嘴《くちばし》でいっしんに体を掻《か》いていた。

修一はその錆《さ》びてもろくなった金網の目に、一寸《ちょっと》指をひっかけて、外してやりたい誘惑を感じた。七面鳥は、しかし、それでも面倒くさそうに、止り木を動かないかもしれない。

自分のまわりの世界が灰色でしんとしすぎていることに苛立《いらだ》っている点では、彼も七面鳥も同じだった。『何かすばらしいこと！　何か飛切りなこと！』田舎ぐらしの間に時たま狂おしくおそわれる考えに、修一もおそわれていた。自分は浮薄な都会青年とは断然ちがうという矜《ほこ》りを持っているのに、若い力強い体の中で、時々「核爆発」みたいなものが起ることがあった。

彼はあたりを見廻《みまわ》した。またぽつぽつと雨が降りだして、依然として人影はなかった。『僕はだまされていたんじゃないだろうか』修一は愕然《がくぜん》として時計を見た。三時をすでに五分もすぎていた。

はっきりしない怒りが、彼の襟首をしっかりとつかんでいた。こまかく分析すれば、それは心の奥底にひそんでいる田舎者のひがみで、「アルネ」のマダムのような才気煥発《かんぱつ》な女に馬鹿にされていると思う怒りだったかもしれない。しかし日頃人を疑わない性質からは、この場になっても、誰か特定の人を悪者にしてしまうという考えが、どうしても出て来なかった。

……ともかくおはじきを探すことだ。それが見つかったら、少くともあの手紙の善意は疑いようがない。もしかしたら、こんな雨もよいの天気なので、参加者はみんな二の足を踏んでしまったのかもしれない。それとも、もしかして、あの手紙の末尾に、「雨天順延」とでもいう文字のあったのを、彼は見落してしまったのかもしれない。

修一は動物園につづく大きな藤棚の下を探した。頭上の藤棚の枯葉には、しめやかな雨音がこもっていた。彼は棚の支えの根本を一つ一つ見てあるいた。目を打つ筈《はず》のあざやかなおはじきの色はどこにもなかった。

修一は持ち前の丹念さで、古い木々の根本だの、枝の岐《わか》れ目《め》だの、叢《くさむら》だの、焚火《たきび》のあとの灰の中までも探した。城址の北西の角は、むかし物見の櫓《やぐら》があったところで、さらに不整形の石段を上ってのぼる高台になっている。彼はその朽ちかけた隙《すき》間《ま》の多い石段の一つ一つに目を凝らしながら昇りはじめた。雨は又止み、空の一角に白光がにじんで来ていた。

石段の割れ目からは雑草が生い立ち、その草も枯れて、石の上に打ち伏していた。ただ一つ美しいのは、石段の中程にからまっている赤い蔦《つた》であった。

修一はその蔦に手をふれた。すると蔦とほとんど同じいろをした赤いおはじきの一粒が、石段の上にころがり出た。彼は石段にひざまずいてそのおはじきを、自分の大きな荒れた掌、漁網を手繰り馴《な》れた固い掌の上において、ゆっくり眺めた。それは灰いろの空の下で、今とりだされたばかりの小鳥の小さな心臓のようだった。

彼はこのおはじきを得ただけで、さっきからの不幸から救われたような気がした。何故だかはわからなかった。大島さんの奥さんのいう「宝探し」という意味は本当だったのだ。

修一はそのおはじきをしっかり手に握ると、昇りかけた石段をさらに昇って行った。その高みへ昇れば湖もひろびろと見え、もしかしたらこんな天気の日にも、デルタ・カメラの白い角砂糖のような工場も見えるかもしれなかった。

台の上は黄いろい濡れた枯草におおわれていた。しかし空の白光は次第にひろがり、太陽はもちろん姿を見せないが、急に明るいところへ出たような気がした。

そのとき修一は、湖へ面した高台の縁《へり》に、むこうを向いて立っている人影を見つけた。草いろのレインコートの襟を立て、黒いスカーフをかぶっている。両手をポケットに深くつっこみ、心もち肩をすくめている。

彼はふしぎな予感に急に胸がときめいて、その石垣の頂きの端まで行って、そっと女の横顔をのぞき込んだ。その雨に濡れたような白い横顔は、まちがえようもなく、正木美代だった。

むこうもこちらを見ておどろいたようだった。

「あら」

というなり素直に近づいてきた。その近づき方が、修一には、澄んだ水の中で怖れを知らない魚が近づいてくるような実にさわやかな感じがした。少しも気取りというものがなかった。

「あら」ともう一度言って、修一の顔をたしかめる風だった。

もう記憶ははっきりしているのに、それでも、「バスのところで会った」と言い出さない彼女が、修一には好もしく思われた。もしそう言い出されたら、とたんに修一は、自転車ごとバスに乗ろうとした失錯を思い出し、赤くなって圧倒されてしまったことだろう。

「あなたも？」

と美代はレインコートのポケットから手を出して、ひろげて見せた。

その手の中に赤いおはじきの一粒をみとめたとき、修一は狂おしいほど幸福になった。自分の手もさし出してひろげようと思うのだが、手のふるえを見られるのがイヤで、もじもじしていた。そしてようやく、無器用な仕草で無骨な手をひろげた。折からの空の白光を受けて、あまり強く握りしめていたために汗に濡れた彼のおはじきは、赤い珊瑚《さんご》のように光った。

「まあ」

と美代は笑い出した。そして一寸首をかしげてきいた。

「どこで拾ったの」

「そこの下の石垣のところで見つけた。どいでえ……」

と言いかけて修一は顔を赤らめた。

「どうしてか？」と言おうと思ったのに、方言が出てしまったのである。

「じゃ、あんたと組だわ」と美代はあっさり言ってのけたが、この言葉には全然残念そうな影がうかがわれなかった。「でも、ほかの人たちはどうしたんでしょう」

「雨だからかな」と少し気持が楽になって修一は言った。

「そうね。私も一人っきりだし、変だった。ここでみんなの来るのを待ってたの」

二人は並んで、眼下の田の稲架《はざ》の連なりのむこうに、雨気にけぶる湖や山々の姿を眺めた。

「あんたの家、このへん？」

と美代がきいた。

「ああ、あっちのほうです。竹やぶが見えるでしょう、あの村」

と修一は広重の版画のように見えている小野崎村を指さした。

「私、デルタ・カメラの女子寮にいるんです。正木美代っていう名前」

「僕、田所修一っていいます」

酔うような短かい沈黙のあとに、

「ね、バスの停留所のところで、いつか会ったわね」

と美代が言った。

「うん」

と修一は答えながら、もう少しも恥かしさを感じない自分におどろいた。

「おぼえてた？」

と美代がもう一度きいた。

「忘れるわけないよ」

と思わず修一は言って、大胆なことを言い出す自分にますますおどろいた。

「誰も来ないんなら散歩しよう」

美代ははきはきした口調で言うと、先に立って歩き出し、修一はあわてて肩を並べた。

二人は修一の昇って来た石段を下りずに、お濠《ほり》に面した石垣の上の道へゆくために、別の四五段の短かい石段を下りた。しかしこれはひどく危険な、壊れかけた石段だったので、先に下りた修一が手を貸した。美代の体がふわりと柔かく自分の手先にかかるのを感じたとき、修一はまるで土曜毎に見る映画の中の人物になったような気がした。

石垣の上から、北側のお濠を見下ろす。

お濠は蓮沼《はすぬま》になっていて、絵巻の雲のような大まかな形に蓮の葉におおわれ、その間には絵巻の砂子のようにこまかい萍《うきくさ》が点々としている。又雨が頭上の松の葉を打つかと思うと、お濠の水面にきよめ網のような繊細な雨滴の模様をいちめんに描いた。

「雨もいいけど、禿《はげ》になったらかなわないな」

「男はまだいいわよ。女が禿になったら尼さんだもの」

そう言いながら美代は、一向雨を気にする様子がなかった。事実、雨はひどくなる気配もなく、降るかと思えば軽い霧のように漂って、また止んだ。

あんなに遠くに望み見ていたデルタ・カメラの娘が、こうして自分と二人きりでいる。しかも親しげに、冗談も言い、こちらの胸へ言葉はすらすらと飛び込んでいる。……こんな信じられない事態にいながら、修一はあれほど憧《あこが》れていた夢とあれほど怖れていた現実との間に、何のギャップもないことを訝《いぶ》かった。自分のあこがれていた半分妖精《ようせい》のような娘は、本当にこの子なのだろうか？

たしかに、小さな細面の、すらりとした、それでいて健康な肉のしまっている、色の白い、朗らかなこの娘。その笑っているすずやかな歯並び。……何一つとして夢とちがうところはない。雨滴のかかった黒いスカーフのかげに、白いすっきりした鼻柱がのぞき、葉かげの苺《いちご》のようにつつましい唇がうつむいている。冷たそうな頰。……修一はその頰を、自分の熱い頰で温ためてやりたいとしか思わない。幻と彼との間の距離、あの冷酷な湖は消えてしまったのである。

『ああ、この人と僕との間には、もう諏訪湖は存在しないのだ』

それは彼にとって、ほとんど天変地異だった。

眼下の蓮沼の中央に、白い木橋がかかっている。濠のむこうの道はがらんと広い。そこらは殊に彼には親しみ深い場所である。ここからは見えないが、濠ぞいのひろい道の右方には漁業組合の事務所がある。木橋を渡ってまっすぐ北の町の中心へ通ずる細い道は、以前、彼が自転車で映画館へいそいでいて、相沢さん、すなわち大島十之助に、今晩は、と呼びかけた道である。

……その道の向うから赤い郵便車がゆっくり近づいてきた。

美代はしかし、東のほうの山腹までつらなる家々の屋根をみつめ、

「いくつ煙突があるか、当ててみない？」

などと言っていた。

なるほど目につく煙突の数は多かった。民家の煙突、旅館の煙突、工場の煙突、それらの煙は灰色の空にまぎれ、雨雲のにじんだ山肌に融《と》け込んでいた。

修一の腕は自然に美代の肩にかかった。

「一つ、二つ」

美代は自分の肩にかかる修一の手の甲に自分の指をかけていた。これらの動作はみじんも技巧がなく、水の中で投網がひろがるように自然だった。

「三つ……四つ……」

二人の顔が近づき、美代の冷たい白い小さな頰を、修一は自分の頰に直《じか》に感じた。彼が言いがたい力に引かれて、それ以上顔を突込むと、美代の体はゆらりと一廻転《かいてん》して、修一のジャンパーの胸に倒れ込んだ。二人はお互いの鼓動と、ふるえている体がぶつかり合うのを感じた。修一は小さく吐息をつくように、

「ああ」

と言った。その瞬間、二人はもう接吻《せっぷん》していた。

これは修一にとっても美代にとっても、生れてはじめての接吻で、自然の気まぐれな悪戯《いたずら》のように、こんな最初の接吻をすることになる成行は、二人のどちらにとっても思いがけなかった。

いそいで体を離すと美代はふるえていた。修一の唇には美代の唇のかすかな雨のしめりが残り、つかのまにかいだ健康な少女の、春の温室のような匂いが残っていた。そうして美代はいったん体を離したけれど、ふるえている体の拠《よ》り所《どころ》は他にはないので、又自然に修一の胸に顔を伏せることになった。

――この二人の姿をうまく尾行している影は、とうとう二人には気づかれなかった。影はうまく死角になるように、公園の石垣や木の下に身をひそめ、それでも同じような距離を保って、二人の一部始終を眺めていた。ほかに人もなく物音もしな

いので、低い声の会話もつぶさにきこえた。

それは雨合羽を着た大島十之助で、片手に小さいメモと鉛筆を持って、ときどき立止っては紙面が雨に濡《ぬ》れぬように、合羽のかげに隠して、こちょこちょとメモをとっていた。彼はいよいよ二人が接吻したところまで見届けると、安心したようにメモを閉じた。その表紙には、

「愛の疾走」ノオト　大島十之助
と書いてある。

それから十之助は、何かしきりに考えながら公園の南出口のほうへ歩いて行ったが、そこの護国神社の前の松かげに止められている修一の自転車を見ると、鍵《かぎ》がかかっていないことを確かめてから、またしばらく考えて、やおらその自転車にまたがると、石垣の間を抜けて、やみくもにペダルを踏んで、走り去った。

二

修一には二人でたのしくすごす何の名案も思いうかばなかったが、自転車のうしろに美代を乗せて、どこまでも遠く走って行きたいと思った。

そこで染井吉野や柿や細い赤松や杏子《あんず》の巨樹のある石垣の裏側のなだらかな坂道

を下りて、その下から濠の木橋のほうへゆく道には向わずに、もとの遊園地を横切って、護国神社の前へ出た。

修一の全身は湧き立って、走高跳でもやったら世界記録も出せそうな気がしていた。羞恥《しゅうち》や逡巡《しゅんじゅん》の繋縛《けいばく》はさらりと解け、美代の手を引いて、一足で坂道を駈《か》け下りた。

「ブランコに乗らないか」

「濡れてるわ」

「辷《すべ》り台を辷ろうよ」

「濡れてるわ」

美代はどれもこれも辞退した。却《かえ》って彼女のほうが、自分の思いがけない振舞から、今まで意識しなかった恥かしさにとらわれていた。

こうした興奮の絶頂に、ふと護国神社のほうを見た修一は、全身の力が脱《ぬ》けるような気がした。そこにあった筈《はず》の自転車がなかったのである。

「大変だ」

彼はいっさんに駈け出した。

神社の裏手や石垣の裏や、動物園のあたりまで、修一は必死になって探し廻《まわ》った。

「宝探し」どころではなかった。乏しい収入のなかから、去年、一万八千円で買った最新式の自転車が失くなってしまったのだ。

そのうちに彼の心には、やっと美代の存在が戻って来て、若者らしい虚栄心が生れた。

『ああ、僕はもうだめだ！　大事な自転車を失くした上に、それを失くして泡を喰《く》っているみっともない姿を見せてしまって、美代の心まで失ってしまったんだ。何て情ない宝探しだろう』

力尽きて美代のところへ戻って来たとき、彼女が落ちついて微笑している口もとを見て、彼は完全に軽蔑《けいべつ》されていると思い込んだ。

「自転車が失くなったの？」

と美代は意外に平静にきいた。

「ああ」

「盗まれたんだわね」

「そうらしい」

「それで、……どうするの？」

「警察へ届けよう」

「警察へ届けて戻るかしら」

美代はなお微笑をやめないので、修一はからかわれていると思って苛立《いらだ》った。

「それじゃあどうすればいいんだ」

「待って」と美代は彼の怒《いか》らせているジャンパーの肩へ手をあてた。

「私、今考えてたことがあるの」

修一はもう完全に自制を忘れてしまった。

「おめえさまはゆっくり考えたらいい。おめえさまなんかとちがって、俺アたちは貧乏な漁夫《りょうし》なんだ。やっと稼いで買った自転車を盗まれたら、あしたから早速困るんだ。今度はいつになったら買えるかわからん」

こうして見栄も外聞もなくして、女の前に仁王立ちになって、怒りに猛《たけ》っている修一の姿には、はからずも彼の美質が完全にあらわれていた。そこには女のお世辞をとっておずおずしている気の弱い青年の姿は消えて、生活と戦っている一人の男の彫像が立っていた。彼の日やけした顔に赤みがさし、眉《まゆ》は猛って、男らしい目が鋭く光っていた。

美代が意外に素直に、

「ごめんなさい。説明が足りなかったんだわ」

と言ったとき、修一は忽《たちま》ち我に返って、かつての幻の娘が、彼の理不尽な怒りの前に、やさしく頭《こうべ》を垂れているのを見出した。すると彼は、彼女の小さな白い手をとって、それに頬ずりをして詫《わ》びたいような衝動にかられたが、危うくこらえた。

「雨がひどくなったわね。あそこのお社で話さない」修一は一言もなく美代について行った。彼は雨がふっているのにも気づかなかったのだ。そういえば涙のように、彼の眉から目尻《めじり》へ雨がしたたっていた。護国神社には神主の姿も見えず、拝殿の軒下の階段に腰かけて雨を避けても、誰も咎《とが》める人はいそうになかった。美代がハンドバッグから白い小さなレエスのハンカチを出して、黙って修一の髪を拭《ふ》いてくれた。修一は犬のように大人しく拭かれていた。女のこんなやさしさに接するのは生れてはじめてだった。

「ねえ」と美代は、ハンドバッグにしまったハンカチと入れ代りに、アメリカ製のドロップを出して、修一にすすめ、自分も頰張りながら、ゆっくりと話し出した。

「私の推理をきいてよ。私の推理はね、今日の宝探しとさっきの自転車泥棒との間に、何かくさい関聯《かんれん》があるということなのよ。

わかって？　きのう大島さんの奥さんから赤いおはじきを一つもらって、ここへ一人で来たときから、私、へんな気がしていたの。

きのうも、バスの停留所で一緒だった二人の友だちもいたんだけど、奥さんは私一人だけをそっと呼んで、この赤いおはじきを渡したの。そうしてあしたの高島公園の三時の宝探しのルールを教えたのよ。

私、『友だちも誘って行っていいの？』

って訊《き》いたんだけど、それじゃつまらない、って奥さんが言うのよ。これは一人一人の女の子に秘密に渡してあるんで、あなたの友だちにも渡してあるかもしれないけど、明日までお互いに秘密よ、と言うんですもの。

そうして、今日、ここへ来てみたら、私一人でしょう。雨は降って来るし、いつまでも誰も来ないし、好《い》い加減だまされたみたいで、私すっかり頭に来たの。でも何となく帰りにくかったから、あの高台の上で一人で景色を見ていたの。

そこへあなたが来たんだわ。そのとき私、ピンと来たの。これは奥さんが、私たちを会わせてくれるための計画だったんだって」

「ああ、そうだったのか」

「あら、今まで気がつかなかったの。にぶいわね」

「そうなんだ。僕は偶然だと思っていた」

と今は素直に修一も、自分の頭の鈍さをみとめた。

「でもあなただったからよかったわ。他の人だったらさっさと帰って来ちゃう」

と美代は言った。

二人は又軽く接吻《せっぷん》をした。修一は腰かけている美代の背へ深く腕をまわして、

「じゃあ、自転車はどうなんだ」

「そこなのよ。問題は」と美代は考え深そうに、

「アルネの御夫婦、仲は好いんだけど、御主人の小説についちゃ、奥さんは大反対でしょ。私たちにもしょっちゅうこぼしてるわ」

「うん、僕にもこぼしてた」

「あなたにも。……どんな風に」

そこで修一は、今は隠しておくべきことは一つもなかったから、先週の土曜の晩の、奥さんとの会話を手みじかに紹介した。

「それでわかったわ。うーん、だんだんわかってきた」と美代は物を考えるときの探偵のように、目を雨空へ向けた。「きっと旦那《だんな》さんが奥さんの計画を察知したんだわ」

「そういうこともあるかもしれない」

「そうよ。そうに決ってるわよ。それなら自転車泥棒の犯人は……」

「大島十之助氏か」

「どうもそうくさいわ」

「でも何のためだろう。あの人がそんな犯罪を犯すなんて」

「犯罪なんて大げさなことじゃないわ。まあ只《ただ》のいたずらにしちゃ、タチが悪いけど。きっとあの人の『文学』のためなんだわ。よく理由はわからないけど」

「じゃあ……」

「ねえ、警察はあとまわしにして、今日中に二人で自転車を取り戻さない？　そのためには『アルネ』へ行くことよ。『アルネ』では、二人がうんと仲が悪いように見せかけろ、って奥さんが言ったのね」

「うん」

「それじゃ私たち、そうしましょうよ。別々に店へ入って……」

と美代は悪戯《いたずら》そうな目をくるくると動かした。

大島十之助の章

……俺が修一の自転車を盗んだのは、その場の思いつきだったが、同時に、俺の文学精神と深く結びついた行為だったと言っていい。修一にはまことに気の毒だとは思ったけれども……。

俺は何という不幸な人間だろう。世間には良人《おっと》の芸術を助ける心やさしい妻の話が沢山あり、シューマンの夫人のような美しい例もあるのに、わが妻ばかりは、てんから俺の文学を軽蔑《けいべつ》している。あれほど世話焼きで、しかも生活力があって、一寸《ちょっと》した美人だし、非のうちどころがない筈《はず》だが、文学にとっては正に悪妻なのだ。

彼女は文学とは、心の迷いであり、逃避であり、弱者のぶらさがる藤の蔓《つる》だと思っている。だから、彼女が斧《おの》でこの藤蔓をぶった切ってしまえば、俺はもっと強くなり、独り立ちできるようになるだろうと思っている。

だが、これは明らかに誤解だ。文学とは、俺にとっては、人生を知り人間を知る唯一の道なのだ。これを断たれてしまったら、人間と人生、いや女房たる彼女をさえ、全く理解できなくなる男になるということが、どうしてあのバカには呑《の》み込めないのであるか……。

まあ、いくらこんな愚痴を並べたって仕様がない。俺は彼女の前へ出ると、結婚後十五年というのに、いまだに何となくモゾモゾして、正面切った口がきけない。生活の面倒を見てもらい、雑誌の同人費を出してもらっているということが、こんなにヒケ目を与えるのか。そうかと言って、俺はただの髪結いの亭主じゃない。安サラリーながら、ちゃんと漁業組合職員としての定職を持ち、事務所ではインテリとして尊敬され、少しでも文化的なことになると、組合長は俺に直接相談をもちかけてくるくらいである。

そして一方では、若いころに抱いた夢を純潔に抱きしめている。小説家になろうという夢だ。このごろじゃ、ろくすっぽ「てにをは」も知らない若い者が、忽《たちま》ちなんとか賞をとって時代の花形になり、自動車は買う、妾《めかけ》は囲う、一流会社の重役もできない生活をするようになる。(ひょっとするとわが妻の心配は、無意識のうちに俺の才能をみとめていて、俺がいきなり出世して女を囲いでもしたら、というところにあるのじゃないか?)俺の夢はそんなところにはない。どんなに有名になっても、ランド地方の地主階級の物語を書きつづけて倦《う》まないモオリヤックのような小説家として、地方主義の立場を堅持したいと思っている。そしてあらゆる文学理念が豆腐のようにフニャフニャになってしまったインチキ文壇なんかには、ただ有名人としての籍を置くだけで、あくまでこの諏訪《すわ》の片田舎で、己れに忠実な、美しい、清らかな小説を書きつづけようという志なのである。

さて小説「愛の疾走」はなかなか捗《はかど》らない。大体俺は、実話に取材しないと書けないタチで、目の前で、生きた人間が愛したり悩んだりする姿をスケッチしないと、小説の人物も生きてこないのだが、その実行を自分でやるのはごめんだ。第一、俺の容姿はちっともロマンチックにできていない。頭は禿《は》げて来たし、体はズングリムックリで、鏡の前に立つと、われながら何となく兜虫《かぶとむし》を聯想《れんそう》せざるをえない。

その「愛の疾走」の想を得るために、折角田所修一青年と、正木美代と、似合いの二人を会わせようと思ったのに、修一青年の遅刻でその計画がオジャンになってしまった晩、俺はすっかりふてくされて、来合わせた客と麻雀《マージャン》をしに二階へ上ってしまったが、ふと手水《ちょうず》に行こうとして階段を下りかけたとき、女房と修一との会話を、女房のたくらみの逐一をきいてしまった。

俺はそしらぬ顔をしていたが、その日以来、何とかこの、俺の取材活動の敵である女房のたくらみの、裏をかいてやろうという情熱のとりこになった。

やがて俺は、これが実におもしろい競争だということに気づいた。なぜなら、女房はあくまでも「自然な」「本物の」ロマンスを成立たせるために、計画をめぐらしているのだし、俺はあくまで「小説」を成立たせるために奇巧を弄《ろう》しているわけだが、女房の計画の弱点は、いかにも俺への対抗上はじめた計画でありながら、いつかはきっと女らしい夢に酔って、われしらず自分の紡ぎ出す夢にだまされて、俺以上に「小説らしい小説」を作り出してしまうだろう、ということなのだ。

ここを突いてやらなくちゃならん、と俺は考えた。

俺は店の女の子をうまく買収して、彼女がかねてほしがっていた革のハンドバッグを買ってやって、「アルネ」における女房の行状を見張らせた。

女房が正木美代に赤いおはじきを渡して、高島公園の約束をさせているのを、女の子がきき込んで俺に知らせた。俺にすぐピンと来たのは、これこそ、美代と修一を二人きりで会わせようというトリックにちがいないということだ。俺はなかなか女房が思っているほどウスノロではない。

いよいよその日曜の午後になった。

俺はメモ帳を片手に、雨合羽をかぶって、小雨の中をうまく家を抜け出した。四十歳を越すと、どうしても人間は、他人に自分の夢を寄せるようになる。俺は多少ワクワクしていた。純朴な青年と純真な少女の初恋のときめきを思えば、山国の冷たい雨も何程のことはなかった。

俺は何だかもう一度自分の青春をやり直すような気持だった。あんな感じのいい少年少女の姿を借りて、自分の青春がよみがえったらどんなにステキだろう。そこに小説家の夢のすべてがあるのだ。

「愛の疾走」には、人間のみにくい争いや思惑を取り去った、純粋な愛の物語が描かれなければならぬが、同時に、それは日本の現実の種々相を捨象したものであってはならない。うちの女房にはそのへんのことがわからない。おそろしく現実家で、事実生活力も旺盛《おうせい》だが、愛だの恋だのという点になると、やっぱり甘いロマンチックな夢、非現実的なうっとりとした砂糖菓子を夢みてしまうにきまっている。そこに女房の誤算もあり、弱点もあるのだ。

……俺は二人の目につかないように、城の裏側から、こっそり公園の中へ忍び入った。

俺は遠くに修一の姿をみとめて、大銀杏《おおいちょう》の木かげに身を隠した。降りみ降らずみの雨のおかげで、がらんとした遊園地も灰色の影に包まれ、俺の姿は見られない自信があった。

その後は詳しく言うまい。

……動物園の檻《おり》の前に一人で佇《たたず》んでいる貧しい青年の内心の鼓動が、俺には手にとるようにわかった。それから永い不安と期待。石段の途中で拾う赤いおはじき。……高台の上の幸福な出会。……すべてはすばらしく、流れるように、女房の思うとおりのロマンチックな筋道を辿《たど》っていた。

それは今まで幻をとおして恋し合っていた同士の、何という「自然な」幸福な出会だったろう！　何という宿命の花火の爆発の瞬間だったろう！　俺は美代の情感に濡《ぬ》れている目の美しさに目を見張った。もともと美しい少女だが、「アルネ」では、彼女はこんなにその裸かな美しい情感を見せたことは一度もなかった。

それから、二人の石垣の上の散歩。沈黙。そして最初のキス。ああ、それは実に自然で、空を低くおおっている雨雲をも、押しのけてしまいそうなほど輝やかしい、最初のキスだった。

物蔭《ものかげ》からこれをのぞいていた俺は、そのとき急にふしぎな感情に胸をしめつけられた。かれら若い二人は、俺の小説の道具にすぎなかった筈ではないか。それなのに、この瞬間、二人はまだ書かれない俺の小説の頁から脱《ぬ》け出して、まざまざと生《なま》のかがやく姿になって、天空に翔《かけ》り上るかと思われた。

俺は猛烈な嫉妬《しっと》を感じた。自分の小説の登場人物に嫉妬を感じる小説家とは、まことに奇妙な存在だ。

一体俺は、目の前の若い二人に嫉妬を感じていたのだろうか。それとも、ここまで巧《うま》くやった女房に対して、競争相手としての嫉妬を覚えたのだろうか。そこのところはよくわからない。

俺は一人、メモを閉じて、もと来た道を戻った。護国神社の前で、雨に濡れたメモをもう一度ひらいてみた。何だか無意味な断片的な文字がならんでいるだけだった。

そのときである。

俺は止められている自転車に気がついた。その形にも色にも記憶があり、第一、公園には誰も人がいないのだから、修一のものに決っていた。ふと俺はハンドルに手をかけて揺《ゆす》ってみた。鍵《かぎ》はかかっていなかった。

ふと、俺の中に妙な昂奮《こうふん》が、雨に湿ったマッチのように、ひどく点火に手間取る感じで、湧き起ってきた。

『もし、俺がこいつを失敬して、どこかへ乗って行けば、修一はどんなに愕《おどろ》き悲しむだろう。二人のランデブーはめちゃくちゃになる。そしてこの事件は、明らかに俺の創造した事件で、その結果二人の間柄に起る感情は、もう女房の計画にはなくて、俺の作った世界、俺の作った現実の中の感情になるのだ。そのときはじめて、彼らは「自然な」ロマンスをぬけ出して、俺の小説の中へ歩み入るのだ。今こそチャンスだ。新鮮なピチピチ跳ねる魚のような二人を網にかけて、こっちの漁獲にしてしまえるのは！』

俺の心の中では、ほんのちょっと、修一の貧しさに対する良心の苛責《かしやく》のようなものが、とおりすぎた。しかし、それもいいだろう。ドラマというものは、どうせ苛《か》酷《こく》なものだ。

俺はひらりと修一の自転車にまたがって、後《あと》をも見ずに、一散に高島公園を走り出した。

行先は？

俺の心は決っていた。

凸凹《でこぼこ》な野道へ出、安っぽい新築のN精機の工場のそばをとおると、六斗川《ろくとがわ》の橋はもうすぐだった。

見わたすかぎり人影がなかった。稲架《はざ》が森閑と雨気にけむる湖畔までつづいていた。左方遠く諏訪大社上社《かみしゃ》の森が、どっぷりと水気を含んで、おぼろげに中空に浮んでいた。

俺は六斗橋を渡って、堤の道を河口の方へ走った。黄いろい竹藪《やぶ》に包まれた小野崎の村が見えはじめた。

俺は漁協の用事でこの村へ来たことがあり、修一の貧しい家も知っていた。あたりが森閑とした中に、ばかばかしい大きな音のラヂオをかけているのがその家だった。ラヂオは、演芸大会か何かの中継らしく、女のきいろい声にまじって、こんな静かな村に似合わない大ぜいの観衆の拍手や笑い声がひびいていた。いつか修一が言っていたが、耳の遠い祖父が、われるような音のラヂオをきかなくては満足しないのだそうである。

低い生垣の間の門をそっと入って、俺は勝手口の窓の隙間《すきま》から中をのぞき込んだ。幸いラヂオの音のおかげで、多少の物音には誰も気がつきそうではない。汚ない六畳間の、けばだらけの畳をほとんど占領している寝具兼用の炬燵蒲団《こたつぶとん》に、修一の祖父と、母と姉が膝《ひざ》をつっこんでいた。祖父は暗い室内に銀いろの無精髭《ぶしょうひげ》を光らせて、欠けた歯をむき出して笑っていた。母と姉は何か繕いものをし、奥には不相応な立派な仏壇が光っていた。光っているといえば、模様もさだかでない大きな炬燵蒲団も垢《あか》に光っていたが、女手のゆたかな家らしく、繕いのあとはきちんとして、綿がはみ出ているようなことはなかった。

体ごと引き入れられるような、小さな暗い温かい井戸のような、一つの生活の眺めがそこにあった。

――俺は雨の当らぬ軒下に、そっと修一の大事な自転車を置くと、鍵をかけて、そのまま、足音を忍ばせて家を出た。生垣に雨合羽の袖《そで》が引っかかると、意外なほど夥《おびただ》しい露が滴《した》たった。

『帰りは歩きか。こりゃ一寸《ちょっと》した道のりだぞ。だが、自業自得で仕方がない』

と俺は心に呟《つぶや》いた。そしてとぼとぼと堤の道を歩きだした。

正木美代の章

あくる日の月曜は気持よく晴れていたので、私は増田さんと成瀬さんと、いつもながらのＩＢＭ室の三人組で、諏訪《すわ》神社へ散歩に行った。一口に諏訪神社と言っても、湖のまわりにいくつもあって、デルタ・カメラに一等近いのはこの下社《しもしゃ》の秋宮だけれど、もう少し西に春宮もあり、湖の向う側には、上社《かみしゃ》の本宮と前宮がある。諏訪湖の有名なお神渡《みわた》りというのは、この下社と上社をつなぐ線上に、結氷した湖を、一夜にして、氷のささくれに盛り上った道が走る現象をいうので、神様がたくさんの狐の使わしめを連れてお渡りになったあとなのだそうだ。

さて、みんなで諏訪神社へ散歩に行ったのは、そこで今やっている菊の展覧会がきれいだという話だったし、ついでに今まで一度も見たことのない「諏訪法性《ほっしょう》の御兜《かぶと》」というのを拝観しようという気になったからだ。

きのうから、寮に帰っても、黙っていられない気持だった私は、道すがら、とうとうきのうのことを増田さんと成瀬さんに話してしまった。もちろん自分の体験を厳密に検閲して、キス・シーンなんかは全然カットして。……

はやっと、（やっとのことで！）、私の口から具体的な恋物語をきいたという
で、頬まで真赤にしていた。

ねえ、どんな人？」

「どんな人って、あなた方、会ったことがある人よ」

こんな一言でさんざん二人をじらしてから、私はバスの停留所での一件を話してあげた。

「なんだ、あの、自転車ごとバスに乗ろうとしたトッポイ子！」

と成瀬さんが思わず叫んでから、気がついて、一生けんめい私に詫《わ》びた。

「いいのよ。主観の問題なんだから」

「でも、そう言えばあの子ハンサムだったわ」

「あとからそんなこと言ってもダメ」

と私は思わず笑い出した。

増田さんは記憶の中を丹念に手さぐりしている風だったが、そのうちに急に思いついたように、

「ああ、思い出した。一寸《ちょっと》ステキな子だった。でも、背が……」

とあいかわらず五尺八寸以上説をゆずらなかった。あの人は、きっと、五尺六寸ぐらいだろうと思う。

そんな話をしながら、私たちは千尋《ちひろ》の池のそばを通って、神社の堂々とした山門へ向って石段を昇って行った。石段の途中からデルタ・カメラの巨大な煙突が見えた。これはずいぶん思い切った煙突で、白地に、青四本、赤一本の太い横線が廻《まわ》してある。社長がペンキ屋に命じてこんな色を塗らせたとき、社内ではずいぶん反対があったが、これが結局デルタ・カメラを目立たせる安くて有効な宣伝になったのだ。

この煙突を見るたびに、私は、社長の稚気もさることながら、古い伝統のある山村の只中《ただなか》へ斬り込んだこの会社の、不調和をものともしない、新らしい無作法な力を感じる。それはただデルタ・カメラだけの力ではなく、日本の若い新らしい「無作法な力」の象徴なのだ。私たちのやってるIBMなんかは、見学者の目にしか触れないが、煙突は、誰の目にも触れる「無遠慮」の固まりなんだと思う。

大杉に囲まれた諏訪神社の拝殿は、緑に苔《こけ》むした重い屋根も、張られた雄大な七五三縄《しめなわ》も、白い幔幕《まんまく》も、すばらしい荘厳な姿をしている。こんなものに会うと、IBMも大煙突も逆立ちしたってかなわない、というのが、増田さんや成瀬さんと三人同じ意見だった。

お詣《まい》りしてから、境内に並べられた菊の鉢植の展覧会を見た。雨を防いで、ビニルの屋根おおいをかけてあるが、それを紫幔幕でうまく隠しているのが、なかなか念が届いている。ほかに見物人がひとりもいない境内に、咲き誇っているたくさんの菊は、初冬の澄んだ明るい日光の中の、しーんとした豪奢《ごうしゃ》そのものだった。珠玉光《しゅぎょくのひかり》、四方春《よものはる》、千古雪《せんこのゆき》、月世界、などという古風な名をつけられた、白や黄や洋紅の大輪の鉢植のほかに、懸崖《けんがい》も六鉢ほどあった。

「まるで作り物みたい。きれいはきれいだけど、私、こんな人工的なの、イヤだな」

と一言居士《いちげんこじ》の成瀬さんが言った。

「いくら人工的だと言っても、カメラほどじゃないわ」

と私。

「だから私たちは、逆に野趣を求めるんじゃない？　あなただってそうじゃない？」

と成瀬さんに皮肉を言われて、私もめずらしく頭に来た。

「野趣なんかじゃないわ。素朴って言ってよ、むしろ」

「あら、こりゃ相当本物だわ」

と横から大柄な増田さんが、大ざっぱな口調で言ったので、口喧嘩《くちげんか》にはならずじまいだった。

社務所のそばに宝物殿があって、うやうやしく一人二十円ずつさし出すと、緋《ひ》の袴《はかま》のお巫女《みこ》さんが、大きな南京錠をガチャンと外して、宝物殿の中へ三人を案内してくれ、それと同時に社務所へアッサリ戻って行った。めずらしく気の利いたサーヴィスだと私は思った。第一、それで私たちが絶対信頼されているという快感を与えたこと、第二に、うるさい観光バス的説明をきかずにすむこと。

古ぼけた刀だの、馬の鞍《くら》だの、およそ琴線に触れないものばかりが並んでいたが、目的の「法性の兜」は、奥の目立たない一劃《いっかく》に、ガラス・ケースに納められて、ポツネンと飾られていた。

「あら、これ、ニセモノじゃない？」

と見るより早く増田さんが言った。

「シーッ、でも、なぜ？」

「だって新らしすぎるもの。映画の小道具みたいだわ」

「そりゃ保存がいいからかもしれないわ」

と私は万事妥協的になった。

私たちは三人とも、「本朝廿四孝《にじゅうしこう》」というお芝居を見たことはなかったが、上杉謙信の娘八重垣姫が、恋人武田勝頼の危急を救うために、狐火に守られて、この兜をいただいて、諏訪の湖の氷上を飛んでゆく、というお話はよく知っていた。なるほど兜は、鹿の角みたいなものを生やし、白い毛をふさふさと両側に垂らして奇怪な形をしていたが、全体に、薄手で、繊細で、いわば軽金属的で、色彩も朱と白で花やかで、武将のいかめしい戦具というよりは、お姫様の玩具《おもちゃ》にふさわしい感じがした。

「正木さん、これかぶって湖の向うへ飛んで行きたい心境じゃない？」

と今度は増田さんがからかった。

「氷が張るまでまだ間があるわよ。それに、私が八重垣姫なら、こんなもの頭にかぶるより、足にスケートを穿《は》くな」

「あんた、言うことがだんだん図々しくなってくるわね。末おそろしい」

三人は結局、口ほどにないロマンチストで兜のまわりで永々とおしゃべりをしていた。八重垣姫の伝説は、西洋の姫の危急を救う騎士の伝説と反対で、要するに、この伝説は日本の男の、いよいよ危なくなったら女に助けてもらおうと思っている深層意識のあらわれにちがいない、などと増田さんが深刻な分析をした。しかし凍った湖面に影を落して、たくさんの狐火に守られながら、恋人のもとへ飛んでゆくお姫様の姿は、日本の古伝説のなかでも指折りのロマンチックな美しいものだという意見は、三人とも同じだった。

『もしそんな立場になったら、自分もそうするだろう』

と思わせる、妙に熱っぽい現実的な関心をよびさます力が、この伝説にはひそんでいたのである。

——そこで宝物殿を出てからも、私たちは、昔の物語の夢にぼうっとして、『身を灼《や》くほどの恋』という概念について、とりとめもない考えを追っていた。

昼休みがおわるまでにはまだ間があった。本当のところ、あの「無遠慮」煙突のあたりから、午後の始業を知らせるサイレンが鳴りひびいてから駈《か》けつけても、間に合わないことはないのである。

私たちは杉木立のあいだを抜けて、忠魂碑のあるひろい台地へ出た。ここは車の乗入れができ、観光シーズンには、遊覧バスで一杯になるのだが、今日は自転車一台見えず、ところどころにきのうの雨の水たまりを残して、ガランとしている。この高台からは湖の風景が一望の下に見える。

今日は湖は晴れて、遊覧船が、のんびりと横切るさまがよく見えた。湖のながめの下辺を、いっぱいみのった柿の木が飾り、近くの木につながれている白い山羊《やぎ》が啼《な》いていた。

「メエ……メエ」

と増田さんが呼んだ。

山羊はふりむきもせず、冬の蠅のたかった汚れたお腹《なか》を、ピクピクと慄《ふる》わせていた。

「ねえ、さっきの話のつづきをしなくちゃずるいわ」

と成瀬さんが真剣な口調で言った。

「じゃあ、仕方がないから話すわ」と私は少し勿体《もったい》をつけて話しだした。「……私たちは自転車を失くしてから、二人で『アルネ』へ行ったわけよね。

その間、黙って歩きながら、あの人の心が自転車の心配でいっぱいになっているのが、私にはよくわかったの。でも私、それがちっともイヤじゃなかった。男が真剣に生活の心配をするのは当然じゃないかしら。

『アルネ』へ入るとき、私たちは計画どおり、仲の悪そうな顔をして、別々に入るつもりで、まず彼が先に入ったの。間もなく彼が出て来て、外で待っていた私に入れと言ったわ。御主人の十之助氏は果して外出中で、いたのは奥さんだけだから、もう私たちは仲の悪そうな芝居をする必要はなかったわけなの。

彼が自転車の盗難を話し、私が私の推理を話したの。奥さんはしきりに考えていて、

『なるほどそりゃあ主人の考えそうなことだわ。あのトンチキめ！』

と叫ぶと、眉《まゆ》がキリキリと吊《つ》り上ったわ。

奥さんは忽《たちま》ち、スタンドからとび出して、小雨の降ってる戸外へ足を踏み出した。私たちは何がはじまるのかと思って、ドキリとしたわ。

そこへ丁度、雑貨屋のオート三輪がとおりかかったの。バタバタってすごい音を立てて……。

『オーイ、緑屋さん、その車、止れ！』

と奥さんが叫んだ。オート三輪はびっくりして止って、中からうすのろな感じの運転手が下りてきて、

『ああ、アルネの奥さん』

『あんたんとこから、毎月どれだけコーヒーを買ってるかおぼえてるわね。いいお得意だってことを忘れちゃだめよ』

『へえ』

『それがわかってればよろしい。すぐそのオート三輪に私たちを載せて、一時間ほど走り廻って頂戴《ちょうだい》。一寸《ちょっと》探し物があるんだから』

『へえ……でも店に……』

『お店へはあとから私が断っとく。言うこときかないと、もうコーヒー買ってやらないから』

『へえ』

それから奥さんは私たちへ向いて、

『あんたたちには家《うち》の傘を貸すから、荷台に乗りなさい。私は助手席に乗るから』

もう否《いや》も応もなかったわ。

でもあのドライヴはほんとにめちゃくちゃで愉《たの》しかった。私たちは相合傘で、町の人に顔を見られぬようにちぢこまって、ガタンガタンというものすごい動揺に抱き合っていたの。あの人は私の胸を抱え込み、顔をよせすぎていたので、時々ひどい鉢合せをして、目から火花が出たわ。

オート三輪は町のあちこちに止った。

『ここでもない！』

『ここでもないらしい！』

奥さんは追跡する魔女みたいに叫んでいた。

私たちは一体今、どこを走っているのかわからなくなっていた。

とうとう助手席の奥さんが金切声をあげた。

『いたわ！』

私たちも荷台から乗り出して前方を見た。すると、むこうから雨合羽の男がトボトボ一人で歩いてくるじゃないの。

『あなたッ！』

十之助夫人が呼びかけた。すると雨合羽は何だかオドオドして、オート三輪をよけて駈け出したの。

『つかまえて！　つかまえて！』

緑屋の若い衆は畦道《あぜみち》へ危うく足をつっこみかけるような冒険的運転をして、雨合羽の男を追いつめた。

奥さんは悠々とオート三輪から下りて、雨合羽の男をつかまえると、

『あなた、コソコソしてどこへ行って来たんですか？　浮気でもなさったの？』

『浮気なんて……バカな』

十之助氏はモゾモゾ呟《つぶや》いていたわ。ところが荷台から顔をつき出している私たちを見ると、急に大島さんは生気がよみがえって、奥さんの顔と私たちの顔を見比べながら、こう言ったの。

『おやおや、君たちはいつのまにそんなに仲好《なかよ》しになったのかね』

今度は奥さんが元気をなくしてしまった。だってあんまり昂奮《こうふん》したおかげで、私たちの仲を悪く見せかけようというプランのほうをすっかり忘れていたわけですもの。でも照れかくしに、ますます黄いろい声を張り上げて、

『そんなことはどうでもいいわ。修一さんの自転車が盗まれて大さわぎしてるのよ。あなた知らない？』

『知らんね。泥棒まで顔見知りはないもの。……しかしね』と私たちの顔を穴のあくほど見て、

『修一君は自転車を盗まれたって、上諏訪で盗まれたんだね』

『ええ、そうです』

『たしかかね』

『ええ、そうです』

『いや、たしかに君は自転車に乗って来たの？』

『ええ』

『証人は？』

『証人ですって？　だって僕の自転車は僕が』

『そりゃ理窟にならんよ。美代さん、あんたは彼がたしかに自転車に乗ってきたという証人になれるかね。君は彼の自転車を見たのかね』

　私は返事のしようがなかった。だって私は自転車を見ていないんだもの。

『………』

『そう、誰も証人はない。じゃあ、修一君ははじめから自転車に乗って来なかったんじゃないのかね』

『そんなばかなことが！』

『だって修一君は、何だかうっとりして有頂天になって、とにかく正常な精神状態じゃないらしいぜ。ところでもし乗って来なかったとすると、……何もさわぐことはないじゃないか。……自転車はまだ君の家にある筈《はず》だろう』

奥さんも彼も私も、これにはグウの音《ね》も出なかった。十之助氏は悠然と荷台に乗り込んできたわ。図々しくも！

『さあ、小野崎村へやってくれたまえ。僕も附合ついでについて行ってやろう』

オート三輪は沈黙の四人を乗せて、バタバタと騒がしく走り出したもんだわ。

六斗橋のところまで来ると、今度は修一君が、急に、

『ストップ！』

と叫んだの。車が止ると、

『僕見て来ます』

と彼は飛び下りて、止めるひまもなく、雨に煙る堤の道を一目散に駈《か》けて行った。

私はびっくりしたの。だって車は、たとえ大型トラックでも、河口のあたりまで入れる道なんですもの。彼の姿は遠く遠く小さくなった。

私は何だか不機嫌になって黙っていたの。

十之助氏がガサゴソ雨合羽の音をさせて私の耳もとに口をよせて、悪魔みたいに囁《ささや》いたの。

『男の見栄というもんだ。君に自分の暮しを見せたくないんだよ。幻滅を与えるのがこわいから』

『だって私……そんな』

『どんな生活を見ても、幻滅しないほど彼が好きかね』

『今日はじめて会っただけで、そんな。……でも私だって農家の娘ですもの』

『まあ見たけりゃ、いつでも俺が見せてあげるよ』

……そのとき、堤の道を駈けてかえってくる彼の幸福に充《み》ちあふれた顔が見えたわ。私も嬉《うれ》しかった。本当に嬉しかった。失くしたものがかえって来た喜び……それを彼とわかち合えるということが」

第三章

一

自転車事件は、美代に二つの課題を与えた。

一つは、修一を信じるか、信じないか、という問をつきつけられたことである。つまりあの事件をとおして、はじめからおわりまで、美代は一度も修一の自転車を見ていない。すると一体、修一が本当に自転車を失って、結局、自分の家の前に再び発見したのか、あるいは大島十之助氏のいうように、はじめからぼんやりしていて、結局家に自転車を置きっぱなしにしてきていたのか、その点、目に見た証拠は一つもないのである。しかし、大島氏の説明は、奥さんの前でのいかにも巧《うま》い咄嗟《とっさ》の逃げ口上ではあるけれど、修一を白痴《こけ》扱いにしすぎている。昂奮《こうふん》状態における修一のぼんやりぶりは、美代もすでに、自転車ごとバスに乗り込んで来ようとする姿で見ているが、いくら何でも、家から高島公園まで、歩いて来たのか自転車で来たのか忘れるようでは、もう立派に精神病院行きである。それではいくら何でも、あんまりというべきだ。

大島氏が自転車を盗んだことは、美代の推理からして、絶対まちがいがない。二度まで大島氏にごまかされて、恋人同士の信頼を失うほどバカげたことはない。美代はもう、あらゆる点から、修一を信じている自分を見出したが、大島氏が自転車を盗んだ動機は、ひょっとすると、そこにひそんでいたのではないかと思われだした。

つまり、

『汝《なんじ》は修一を信ずるや否や』

と最初の厳粛な問を、美代の胸につきつけること。

この点で、大島氏はちゃんと成功したのだし、口惜しいことだが、美代が、

『信じます』

とキッパリ答えれば、やみやみ大島氏の術策に陥ったことになる。

そうではないか。はじめから大島氏は、美代と修一が、小説的な恋をすることを、のぞんでいたのだから。もし、

『信じません』

と答えれば、大島氏の思う壺《つぼ》にはまらなかったことになるが、そうなっては、修一を失うことになる。

美代は決して修一を失うなどという考えに耐えることはできなかった。

――第二の課題は、修一自身から出たことだ。

どうして修一が、自分の家のそばまで車を寄せつけず、わざわざ雨の中を駈《か》けて行ったか、このことが、かなり美代のこだわりの種子《たね》になった。

大島氏の奥さんからきいたところでは、彼の家は貧しい漁夫で、彼はまじめな働らき手であり、あとは老祖父と女手しかないので、一家の大黒柱は他ならぬ彼なのだ。家の貧しいことはわかっているし、第一、美代だって農家の出で、田舎の家が、東京の冷煖房《だんぼう》つきアパートと、どれだけちがうかぐらい、よくわかっている。

しかし美代も農家の出だけに、はじめて恋人ができて、しかもはじめてキスをしたその直後に、そんな汚ない家を恋人に見せたくない気持は、身にしみてよくわかる。田舎の家にはロマンティシズムのかけらもないからだ。美代にしたところで、もし自分の田舎の家の近くで、修一とはじめてキスしたのだとしたら、とてもその直後に、自分の家へ修一を連れて来る勇気は持てまい。

アメリカ映画にあるように、苺《いちご》のもようのカーテンだの、美しい絨毯《じゅうたん》だの、おばあさんの揺り椅子だの、植木鉢を一杯置いたテラスだの、……そんな家庭的環境の中なら、キスもふさわしいだろうが、破れダタミと最初のキスというのは、何だか、銀のお皿に目刺をのせたような不釣合がある。

だからその気持は、十分美代にもわかるのだけれど、高島公園で自転車をとられて怒りに猛《たけ》っていたときの、修一の男らしい表情が彼女には忘れられないのである。あの猛々しい眉《まゆ》、あの鋭く光った目、あそこには生活と戦っている男の姿がくっきり浮び上っていて、あれこそ修一の本当の生身の姿だと思われるだけに、一度あれを見てしまった今では、他の修一は、何だかもう一つピンと来ないのである。もちろん現代風な清潔な服装は、好ましいにはちがいないが、そんな青年なら、どこにも掃いて捨てるほどいる。彼の白い丸首のスウェーターも、強い生活を内に含んでいるからこそ、美代に魅力を与えたのではないだろうか。ぐうたら青年の白いスウェーターなど、古着屋にぶらさがっている衣類と同じことで、何の魅力も発散する筈がない。

そう思うと、彼の見栄、生活に関する虚栄心が、美代にはあんまり見当外れに感じられて、歯痒《はがゆ》くてたまらなくなった。彼は、恋をし、自分を美しく見せようと無理をすればするほど、ますます美代の夢と反対の方向へ、突っ走ってしまいそうである。

——こんな危惧《きぐ》を感じた美代は、二つの課題のうち、第二の課題のほうは、どうしても自分一人では解けないような気がした。

『大島さんの奥さんにでも、それとなく相談してみようかしら』

と美代は思った。

彼女が朋輩《ほうばい》の増田さんや成瀬さんに相談しようと思わなかったのは、注目すべき点である。彼女はすでに恋をしていたので、同年輩の友だちには、やっぱり自分の恋の美しいロマンチックな側面だけを見せておきたかったのである。……正に修一とそっくりな心理状態で。

二

そう思うと、美代は居ても立ってもいられない気持で、その夕方、会社が退《ひ》けると、すぐ上諏訪《かみすわ》のアルネへ出かけた。

デルタ・カメラの退けどきは大したものだった。月賦の車を持っている若い工員も何人かいたが、そこまで行かなくても、ぞろぞろと出てくる若い男女の服装が、都会のサラリーマンの退け時の姿よりも、若さのせいもあって、一そう花やかだった。門衛の秋山おじさんも、いつかつくづく、

「全く、十五年前は着のみ着のままだったのに、今の若いもんは恵まれてるよ」

と嘆息していた。

しかしおじさんのこんな感想には誇張があった。別にデルタ・カメラのおかげで

なくとも、戦争中から、東京の人たちの筍《たけのこ》生活のおかげで、ここら一帯は衣生活にめぐまれていたのである。

そういう秋山おじさん自身も、終戦後までお百姓をしていたころは、リュック・サックをかついでお藷《いも》を買いに来る東京者をさんざんいじめて、何やかとしぼり取っていたものだった。その罪の報いは一向に来ず、持っていた農地をデルタ・カメラに高く買い上げられた上、一生を保証される門衛に雇われて暮していると、何だか身の果報がおそろしく思われて、今度は昔いじめた東京者に会うのが怖さに、絶対に東京へは行かないと宣言してしまった。社の団体旅行でみんなが東京へ行ったときも、秋山おじさんは頑強に諏訪に居残ったし、東京からデルタ・カメラ工場へ団体の見物が来ると、おじさんは決して案内役を引受けなかった。その中に、かつていじめた東京者がいて、おじさんの顔をおぼえていることだって、ないとはいえない。

しかもこんな気の弱いおじさんが、口ではいつも強そうに言うのだった。

「東京なんてつまらんところだし、このデルタ・カメラ工場に比べたら、東京のハイカラなんて屁《へ》みたいなもんだよ。それに東京者は哀れな、見かけだおしの根無し草で、あこがれる奴の気が知れないね。諏訪ほどいいところは日本中にないよ」

おじさんは美代と仲好しだった。二千八百人もの従業員の中で、特別の仲好しができるとはふしぎなことだが、東京へ団体見物に行ったとき、有名な菓子屋の和菓子の折のお土産を、門衛へ持って来たのは、美代と成瀬さん、増田さん三人のＩＢＭ室グループだけだったのである。

工場の通用門前の広場は、はや暮れかけていた。かなり寒い日なので、煖房《だんぼう》のきいた室内から出てきた従業員たちは、襟巻に肩をすくめて、手袋の手をあげて別れの挨拶《あいさつ》をしながら去ってゆく。青年たちの大きな手袋の手の、夕空を区切る直線的な挨拶。若い女たちは若い女たちで、労働をする手がカシミヤの手袋に包まれると、挨拶の指の動かし方も、とたんに宮廷風になる。

美代は可愛らしく指をひらひらさせて、門衛の窓口の前を、

「さよなら」

と叫びながら、すぎた。おじさんの前では、美代はすっかり子供らしくなってしまう。

大ぜいの夕暮の顔の中から、一瞬のうちに美代を見わけるおじさんの眼力も大したものである。

「やア、御苦労さん」

制服を着たおじさんが椅子から乗り出して、そう言うのが見えた。これが二言三言になることもあり、昼休みに引止められることもある。美代がいそいでいるとき

は、決して引止めない。今日は実はおじさんは、心づもりをして、帰りがけの美代の顔を見たら、

「今夜は雪になるかもしれんから、風邪を引かんように気をおつけ」

と言ってやるつもりだった。しかし美代はあまりにそそくさと帰ってしまった。何か若い者ばかりの忙しい世界の約束があるのだろう。美代の空いろのスカーフの頭が薄暮の群衆の中へまぎれてしまうと、おじさんはその日一日のたのしみをなくしたような気がした。家へかえれば、一人ぼっちの生活しかなかったから。

三

「よく来たわね。雪が降って来たんじゃない？」

「ええ、チラホラ」

美代はここ「アルネ」へ入りがけに、自分の紺のコートにふりかかった粉雪を払うつもりで、袖《そで》や胸もとを叩《たた》こうとしたが、ストーヴであたためられた室内へ入るか入らぬかに、雪片はもう消えてしまっていた。

「丁度よかったわ。今日は大島大先生は同人雑誌の集まりで留守なの。ゆっくり話せるわね」

その瞬間、自分の良人《おっと》を「大先生」などという軽蔑《けいべつ》的な呼び方をする奥さんに、美代は一寸《ちょっと》イヤな気がした。客は奥のボックスにアベックが一組いるだけなので、奥さんは美代をストーヴのそばの席へ招いた。カウンターを出て来て、そこへ来るあいだに、奥さんは、棚の上の四角い金魚鉢を爪先《つまさき》で軽くはじいて、

「えらいもんだわね。まだ生きてるわ」

と言った。

「いつも温かいところに置いてあるからですわね」

「そう、夏からだから、ずいぶん長命だわ」

金魚鉢の内部は、棚に仕込んだ螢光灯のあかりで、下からほんのり照らし出されていたが、藻の中に眠っていたような金魚は、奥さんの爪がはじいた金属的な音に目をさまされて、ぼうっと夢のように浮き上って赤い鱗《うろこ》をきらめかせた。

「何の用なの？　巧《うま》くいってる？」

と坐《すわ》るなり、奥さんはきいた。

「ええ、お蔭様《かげさま》で」

答えてから、美代は赤くなった。訊《き》き方も訊き方だが、それに乗せられた彼女の返事も返事だった。これではまるで新婚の妻が、仲人《なこうど》から様子をきかれて答える返事だ。

「それはよかったわ。あれから会って？」

「ええ、一度」

「本当は毎日会いたいんじゃない？」

「あら、……いや」

美代はコーヒーを一呑《の》みすると、やっと本題に入る勇気が出た。

「あのね、あの人は一面とてもロマンチストで見栄坊なんですの。私をどこかのお姫様みたいに思っちゃってる半面、自分もどこかの王子様みたいに見せかけたいらしいんですの。その気持もわかるんだけど、本当のところ私もお姫様じゃないんだし、あの人も王子様じゃないんだわ。こんな甘い夢に乗ってると、却《かえ》っていつか幻滅が来るようで怖い気がするんです。そのためには、私、もっとあの人の生活と結びつきたいような気がするんだけど、あの人は必死に自分の生活を隠してるの。密輸だの泥棒だのしているわけじゃないし、立派に生活と戦っているのに、その半面を私に見せたくないという気持が、私何だかとても歯痒《はがゆ》いんです。見てどうなるって、そんなことわからないけど、私も農家の娘だし、今さら幻滅なんてないし、第一そのほうが、あの人に本当の魅力を加えると思うのに……」

「そう、そう、よくわかるわ」

と奥さんは途中から話を遮《さえぎ》った。

「でもそれはまちがいよ。あなたはあの人を知ってから、あの人の七十パーセントじゃ物足りなくなって、百パーセントをほしくなったんだと私は思うな」と喋《しゃべ》りだすと、半ば自分の言葉に酔うように、奥さんは身の上相談女史の口調になった。

「そうなのよ。生活とか何とか言ってるけど、実はあなたは心の中であの人の全部を自分に捧《ささ》げてほしくなったのよ。でも恋愛には、あせりや急ぎは禁物だと思うな。あの人が自分を王子様に見せたがっているあいだは、あなたもお姫様でいればいいじゃないの。第一、あなた、宝塚みたいな衣裳《いしょう》を着せたら、絶対お姫様でとおるわよ。徐々に、徐々に、お互いの本当の姿を見せて行けばいいんだし、見せるなって言ったって、人間は見せてしまうものよ。それでいいんじゃなくて?」

きいている美代は、この問題は、もうこれ以上奥さんに話しても無駄だと思った。美代は恋愛にロマンチックなものだけではなく、ぜひまじめな生活的な質実な要素がほしいのだが、そんな気持は奥さんにわかってもらえそうもなかった。奥さんは、ただ、経験のある大人の目から、恋愛を将棋やトランプの試合のように見ているのである。

「そうかしら」と美代は口のなかで呟《つぶや》いた。すると、誰へとも知れぬ怒りがこみあげてきて、右手の薬指を奥さんのほうへ鋭くさし出した。奥さんはびっくりして、

「指をどうしたの?」

「ねえ、婚約指輪って薬指にはめるんでしょう」

「よく知らないけど……うちの宿六なんか、そんな洒落《しゃれ》たもの、くれたこともないから」

「もし王子様が私の薬指に、婚約指輪をはめてくれたら、そのとき私、しかめっ面《つら》をするだろうと思うの。きっと痛くて飛び上るわ。今まで仕事のこと、言うのイヤだったから言わなかったけれど、パンチングやってると、みんな薬指が痛くなって、腫れ上るのよ。私たち、田植えで腰が痛むよりいいと思ってるから我慢できるけど、都会の娘さんだったらとても我慢できないと思うわ。手だの腕だのが痛くなっても、私たちは野良仕事よりいいと思うから、大抵我慢しちゃうんだけど、毎日毎日、キイを叩いて紙に穴をあけるだけの仕事で、見かけがきれいなだけで、やっぱり立派な肉体労働ですわ。それも修一さんみたいに自然を相手の仕事とちがって、機械を相手の仕事ですもの、時には息がつまりそうになるわ。そんな私を、お姫様と思ってる修一さんは、大へんな誤解をしているんだし、たとえ修一さんが工場へ見学に来ても、まわりのピカピカした感じに圧倒されて、仕事の辛《つら》さなんかわかってくれないと思うの。だからせめて私のほうから、あの人の仕事の現場をたずねて……」

「だめ、だめ」と奥さんは意外に強硬だった。「あんたたちはまだ子供なんだから、恋愛というものがわかっちゃいないのよ。お互いに夢を失っちゃだめよ。神秘を隠しておかなくちゃ。……とにかく私の言うとおりにしていれば、まちがいないのよ」

——美代はとうとうあきらめて、黙ってしまった。すると今度は奥さんは、もうキスをしたの？　とか、キスははじめて？　とか、余計なことばかりきくのである。いつまでも顔を赤くしてばかりいられないので、美代は匆々《そうそう》にアルネを逃げ出した。

——夜道をバスの停留所のほうへ一人で歩きながら、一体私は何を求めているんだろう、と美代は考えていた。私がほしいのは、何か一つのたしかな現実なんだけど、それは誰も与えてくれない。当の修一でさえも。

凍った冬空のおびただしい星を見上げていると、目の中がチカチカ痛んできた。涙が流れ出るさきに、凍って結晶してしまうと、それが水晶のトゲのように心に刺さる。

美代は修一のあの花と土の匂いでいっぱいな春先の温室のような、長いキスを思い出した。するとたまらなく会いたくなった。会いたくても、彼の家には電話もなく、家をたずねるわけにもいかない。前からのデートの日を待つか、アルネに連絡を待つかしかない。

こんなときに限ってバスはなかなか来ず、寒気は靴下にしみ入り、美代は修一に会う前はついぞ感じたことのない孤独に包まれた。はじめて彼を見たのも、この停留所だった。その白いスウェーターの腕。……恋をすると、人間は一そう一人ぼっちになるものだろうか。『片思いでもないのに！』と、美代は寒さと怒りのために、地団駄を踏むような気持だった。

そのとき、

「おい、美代さんじゃないか」

と目の前に止った車の窓から、呼びかけたのは大島十之助氏で、そのどこまでまじめなのか不真面目なのかわからぬ野暮くさい顔を見て、美代が思わず、すがりつきたいような心地になったのは、これが最初であった。

「一人かい？」

と大島氏はもう車から下りて来ていた。それから運転している車の主に、

「やあ、ありがとう。ここで下ろしてもらえば、すぐそこだから」

と断わった。車が行ってしまうと、

「私の文学友だちでね、車を持ってるのはあいつ一人だから、むやみに乗せてくれたがるんだ」

と美代に言った。

咄嗟《とっさ》に美代は、

「あの、一寸《ちょっと》お話したいことがあるんですけど」

と言ってしまった。

大島十之助の目には期待の喜びがかがやいていた。狙っていた小鳥が、やっと向うから、籠《かご》の中へ飛び込んで来る決心をつけてきたのだ。彼の目から見ると、そのときの美代の表情、眼差《まなざし》、何もかも、小説的だった。彼は闇の中から自分の小説の登場人物が、輝やかしく浮き上るのを感じた。

「ああ、いいとも。駅前の喫茶店へでも行って話そうよ」

と十之助は、すっかり若返った声で言った。

四

すべては奥さんにも修一にも内緒という条件で、美代は次の土曜の午後、大島氏とデートをした。その前に上諏訪の中華料理店で、あたたかい焼売《シューマイ》の一折を買った。呆《あき》れたことに、駅頭の待合せにあらわれた大島氏は一人ではなかった。大島氏と好対照をなすひどくのっぽの、ひょろりとした中年紳士と一緒だった。

「こちらは僕の文学友だちの久本君、諏訪銀行に勤めておられて、やっぱり小説を勉強しておられる。きょうは車の運転を引受けて、来て下さったんで」

と大島氏が紹介した。紳士は愛想よく頭を下げたが、お辞儀をすると、柳の枝が上からふわりと垂れ下って来るような感じだった。

「お目にかかったのは、はじめてじゃありません。この間、大島さんを車から下ろしたとき、お顔を拝見してます。いや、今日のお話はみんな大島さんから伺ってますから、どうぞ御心配なく」

美代は諏訪に暇人の多いことと、大島氏のおしゃべりなことに、二つながら呆れた。久本氏のセドリックに乗せられると、そこで美代は、どこへ連れて行かれるかも訊《たず》ねずに、頑《かたく》なに黙ってしまった。

車は町を抜け、高島城址《じょうし》のかたわらをすぎて、いつかの小型トラックと同じ進路を辿《たど》り、六斗橋のところへ来た。これは八ヶ岳の麓《ふもと》から流れる六斗川が諏訪湖にそそぐ河口にちかいところに架せられた橋である。

橋の手前で車をとめて、三人が下りると、

「あれをごらん。漁協でやらしている仕事さ。君の見たいものがここで見られる」

と大島氏が言った。そのとき三人は、橋の袂《たもと》の大きな柿の木のかげにいた。

美代はおそるおそる川のおもてをさしのぞいた。そこには先週までなかったものが川に出来ていた。川の中央に小舟が泊められ、その小舟から左右へ斜めに歩みの板が岸まで懸けられ、あたかも小舟を底にしてV型の板が川を堰《せ》いている。

「何ですの、あれ」

「魚の採卵ですよ。こいつを四月一杯までやらなくちゃならない。これから産卵期で魚が川を溯《さかのぼ》って来る。そいつをここでつかまえて、近くの採卵所へ持って行って、卵を採る。これが孵化《ふか》すれば、いずれみんなの利益になるんだから、目前の利は薄くても、今みんなで力をあわせてやらなくちゃならん仕事だ。小野崎の村の者が、交代で二十四時間これをやってるんだ。大へんな仕事ですよ」

事実、夕方の川風は寒く、両側の歩みの板に、一人ずつ立っている人は寒そうだった。板に沿うて、柵《しがらみ》が川の中に立てめぐらされている。彼らは竿《さお》でたえずその柵にたまるゴミをとる作業に従事しているのである。

その一人は、カーキいろのズボンにゴム長を穿《は》き、汚ないジャンパーを着て、頬かむりをした手拭《てぬぐい》の上から、色あせた野球帽をかぶっていた。たえず、歩みの板の上を歩いて、竿を水の中へ突きさして、柵のゴミをとっている。それが何だか、浸水して少しも進まない舟を絶望的に漕《こ》ぎつづけている船頭のように見える。その男の顔は見えないが、体つきや、手足の動きに、まちがえようのないものを感じた美代は、胸が熱くなって、

「そばへ行ってもいいでしょうか」

と素直に大島氏にきいた。

「いいとも。わざわざそのために土産物まで用意して来たんだろう。……まあしかし、抜けがけをしないで、われわれについておいで。そのほうが自然に行くから」と大島氏は言って、久本氏を促して六斗橋を渡り出した。

修一はまだ決して気がついてはいなかった。美代たちが、湖をわたってくる北風をまともに受けて、眺め下ろす川面の作業は、いかにも荒涼としていた。どんよりした冬空、ささくれ立った黒い川水、柵に沿うて立てるその白い波頭《はとう》、歩み板を支える不規則な杭《くい》の形、中央の小舟にかけた防水布のかげからは裸電灯が一つしらじらとのぞき、そこでも何か仕事をしている男が一人うずくまっているらしい。二人の男は、獣のように、のろのろと、歩み板の上を行きつ来つしている。竿が何度か水から引きあげられて、黒ずんだ芥《あくた》を川下へ投げる。その単調な作業と、沈黙の汚れた背中、……。

両側の河原には、枯芒《かれすすき》がしらじらと風になびいている。向うの湖は、はや暮れかけている。

美代は近づくにつれて、頬かむりの手拭のかげから、修一の秀でた横顔が浮き上るのを、はっきりみとめた。

そこにはロマンチックなもののかけらもなかったが、修一はおめかしをしているときよりも、ずっと美しい、と美代は思った。その上、ふしぎな感傷的な気持が働らいて、磨き立てたＩＢＭ室における自分の労働と、この修一の労働との間には、何のちがいもないばかりか、このほうがずっと人間の生活らしい感じがするとさえ思った。これは農村から近代工場へ逃れて来た少女の気持としては、ずいぶん常軌を逸した感じ方というべきだったろう。故郷の農村では、百姓仕事を一度だって美しいと思ったことのない彼女だったのだ。

大島氏と久本氏と美代は、堤から河原へ下りて、枯れてひれふした草に隠れた河原石の上を歩き、ひとつのアンペラ小屋に近づいた。中からは、やはり裸電灯のあかりがほのかに洩《も》れていた。

大島氏は事もなげに、そのアンペラの幕を引きあげて、顔をつっこみ、

「やあ、皆さん、御苦労さん」

と言った。

中は筵《むしろ》を敷いた上に置炬燵《おきごたつ》があり、綿のはみ出た炬燵蒲団《ぶとん》に、三四人の男がもぐって寝ころがっていたのが、大島氏の顔を見ると、一せいに身を起した。

「いや、一寸今日は見学でね。小説を書いている諏訪銀行の久本さんと、私の姪《めい》とに、これを見せてやりたいと思ってね」

「はあ、どうぞどうぞ。お当りなすって」

と親方が炬燵をすすめた。美代の顔に、男たちは、寝ぼけた夢のつづきを見るよ

うな視線を投げた。

「いいんだ。いいんだ」と大島氏は、どんどん一人で、川へ渡した歩み板のほうへ歩き出した。

「おい、田所君！」

と彼の胴間声が川風に散ったが、野球帽の男は、先にブラシのついた竿を引きあげざま、こちらへふり向いた。

彼のよく光る目に微笑がうかび、帽子をとってお辞儀をしたとたんに、河原に久本氏と並んで立って、焼売の包みをかかえている美代の姿に、はじめて気がついたらしかった。

冷たい川風のなかで、俄《にわ》かに彼の顔がこわばるのを美代は感じた。

第四章

一

その修一の強《こわ》ばった顔に向って、とてつもない胴間声をぶっつけて、その場を救ったのは、大島氏だった。

「いや、こちらは諏訪《すわ》銀行の久本さんでね、私の小説仲間だ。この先生が採卵の話を書きたいと言われるんでね、案内して来たんだが、途中で美代さんに会ってね、いいところへ連れてってやるから、って、無理矢理車に乗せて来たんだよ。美代さんは必死に反抗したがね、まさかここへ来るとは思わなかったろう。不良中年が二人で、むりやり車に乗せれば、まず連れて行くところは決っているからな。美代さんは私の手に嚙《か》みつきそうな勢いだったよ。おい、美代さん、われわれの紳士的な行動に対するとんでもない誤解を謝りたまえ。いいか、その代り、その旨《うま》そうな包みをここへ置いてくんだ。守衛のおじさんへの土産物なんか意味ないから。え？焼売《シューマイ》を買ってかえる、って約束したのかい？　してない？　してないならいいじゃないか。ここへ置いて行きなさい。……ああ、修一君、言い忘れたが、あの小屋の連中には、美代さんは私の姪《めい》ということにしといたから、そのつもりで」

一旦《いったん》強ばった修一の顔も、湖からの北風に乗って吹きつけるこんな陽気な大演説をきくうちに、ゆるんで来ざるをえなかった。

岸の美代はこの大演説をすっかり聞いた。もとよりそんな大声は、川風に吹きとばされるのを怖れてではなく、修一の耳にも美代の耳にもよくきこえるように企《たくら》まれたものだったから、きこえるのが当り前だった。

きいているうちに、美代はまず、

『あら、大島さんって、案外デリカシイがあるわ』

と思った。ついで、この場の気まずさと、修一の怒りとを、巧《うま》く救ってくれた大島氏に対する、感謝の気持が油然《ゆうぜん》と起った。しかし、おしまいまできいてしまって、美代は、

『あッ！』

と気がついた。これで美代は急場を救われた代りに、見事に大島氏の術中に陥り、弱味を握られてしまったことになる。つまり大島氏は、今後、こんな労働の現場をわざわざのぞきに来たのは、実は美代の発意によるものだ、といつでも修一にぶちまけられる立場に立ったのである。呑気《のんき》そうに見える大島氏、奥さんの目からは底

抜けのお人よしに見える大島氏といえども、やっぱり「怖い大人」の一人だった。が、美代は今は、そんな思惑にこだわってはいられなかった。心のとけた修一に近よって、自然に振舞わなければならなかった。傷つきやすい修一に対しては、彼女が不自然な態度をとるのが一等禁物の筈《はず》で、従って、下手に彼の汚れた労働をほめたたえたり、英雄化したりしてはいけないことも、美代にはわかっていた。

彼女はすまなそうに、小さく笑って、焼売の包みをさし出した。

「じゃあ……これ、お土産」

この『じゃあ』に、美代はいろんな意味をこめたのである。

汚ない頬かむりの手拭《てぬぐい》のかげ、色あせた野球帽の下の、修一のはにかんだ笑いは、実に新鮮に見えた。美代が何かを乗りこえたのと同時に、修一も何かを乗りこえたのだった。なまじな愛の言葉にもまして、この瞬間は二人にとって貴重だった。

二

大島氏のいうままに、修一は三人を採卵場まで案内することになったが、彼の快活さは実に自然で、焼売の包みをアンペラ小屋のみんなに分けてやり、交代をたのみ、みんなから、きれいなお嬢さんを案内してゆく「いい役目」をこっぴどくからかわれ、赤くなって小屋を出てくるまでの姿の逐一を、寒い川岸に立って見ていた美代は、こんな荒っぽい男たちの友情に充《み》ちたやりとりのなかで、修一がみんなに愛されていきいきと働らいている、決して暗くない生活の実感を、この手につかんだような気がした。ひょっとすると、あんなに近代的な明るい自分の職場のほうに、機械にふりまわされて暮らさなければならぬ現代の暗さが、顔をのぞけているような気がした。生活の幸福とはどういうことだろうか。このしっかりした娘は、自分たちの恋ばかりではなく、その恋をとりまく大きな人間の生活と社会の幸福まで、漠然と考えてしまう性質だった。

　採卵場へゆく道すがら、紳士二人が気をきかせて、先へ立って堤を歩いてゆくので、若い二人は自然細い道を、肩を並べて歩くことになった。

「あんなにたえずゴミが流れて来るものなの？　しょっちゅう引っかき上げていなければならないほど？」

　と美代は、こんな場合に、甘い話題でなく、仕事の話題を選んだ。たちまち修一の顔には、兄貴らしい、専門家的な矜《ほこ》りがあらわれた。彼は訥々《とつとつ》と、しかし親切に説明した。

「てんぐさって知ってるだろう。寒天の原料だ。この川の上流に寒天工場がいくつもあって、寒天をとったあとのてんぐさのカスを川へ捨てるんだ。そのカスがみんなこの柵に引っかかるんだよ。むかしはそんなものでも、肥料にするんで、もらい手が多かったけど、今はもらい手がなくて、みんな川へ捨てちゃうんだ。……でも、カスはああやって、丹念にすくい上げればすむからいいさ。このごろは川上の工場で、てんぐさを洗うのに苛性《かせい》ソーダなんか使うからなア。魚には一等わるいよ。その上、上流の農家でみんな化学肥料を使うようになったし……」

美代にとって、こういう話はロマンチックな話題であった。男が自分の自信のある仕事について能弁になるのはいいものだった。不器用に恋愛向き話題を選んだりするよりも、どんなにそのほうが修一にふさわしかったろう。しかも修一自身はそのことを、少しも意識していなかった。

――もとの六斗橋のところまで戻ると、橋のむこう側の袂《たもと》の、堤より一段低いところに、うずくまっている汚ない小屋が、採卵場であった。

久本氏はよほど大島氏に言い含められていると見えて、冷たい夕風のなかでメモを出して、あちこちの風景をスケッチしたりしながら、修一にいろいろと質問していた。

このあたりは自動車の数も少なく、暮れかける山々は遠く蒼《あお》く、鉄平石を掘り出した山の中腹の、その部分だけが、残る雪のために白く暮れ残っていたりした。四人の立っている足もとには、堤の枯草が風に鳴っていた。

「ここの採卵場も、二十四時間、一時間交代でやってるんです。あ、入口はこちらです」

と修一はきびきびと礼儀正しく、久本氏に説明していた。

内部は暗い広い台所といった感じで、やはり炬燵《こたつ》に当っていた二人の男が、立ってきて大島氏にあいさつした。入口の横の黒板には、今日の日づけがあって、気温や水温が記され、♀20♂38と魚の数が書いてあった。

「このバケツから魚を入れ物にとるんです」

と修一が説明すると、久本氏が行きがかり上、真剣な顔つきでメモしだすのが、美代は可笑《おか》しかった。この分では、久本氏は行きがかり上、本当に採卵の小説を書きだすのではないかと思われた。

「それからこの皿に、手洗から塩水をとります」

と修一は、昔からの便所の手洗の、鉄の細い棒を押しあげると水の出る仕掛になっている円筒形から、皿へ塩水を数滴こぼした。

「そしてこの塩水の中で卵をしぼり出して、鴨の羽根の手帚《てぼうき》でよく選りわけて、そちらの盥《たらい》の、適温の水で保存するんです」

……部屋に吹き入る初冬の夕風は寒かったが、自然はちゃんと来年の春の仕度をしていた。人間の意識のように、目前の寒さに惑わされて、自然の大きな循環を疑ったりすることもなく、その巨大な流れを信頼して、それに身を委《まか》せていた。産卵……孵化《ふか》……成長……。

美代は、丁度その時間にそこで作業が行われていず、魚の腹から卵をしぼり出す残酷な仕事を見ないですんだのを喜んだ。

『でも、卵……卵……卵……。男たちがこんな仕事をしている！』

彼女は何だか自分が魚になったような、ひどく恥かしい感じがした。自分も一人の女として、冬からやがて春へと動いてゆく、自然の大きな目に見えない流れに、否応《いやおう》なしに押し流されてゆくのだと思うと、しらない間に野球帽も手拭もとって、寒さのために赤い活気のある頬をした修一の横顔を、じっと眺めているのが、何だか眩《まぶ》しくなった。

目をそらす。そこに大島氏の顔があって、じっと彼女の表情をうかがっている彼の、もぐらもちみたいな目が、美代の目とパッタリ会ってしまった。

『さっきから大島さんこそ、見えないメモを心の中でいっしんにとっているところなんだわ』

と思うと、美代の顔は一そう赤くなった。

三

……すっかり冬だった。

今年はそんな暖冬ではない筈なのに、やはり湖の氷はなかなか張らなかった。むかしはクリスマス前から、完全に結氷したものだというが、美代がこの土地へ来てからは、そんなことはなかった。

十二月二十七日に大雪が降ったが、年を越してのちは、パラパラ風花が舞う程度で、雪らしい雪さえなかった。

門衛の秋山おじさんは、こんな現象をみんな末世の兆候と信じていた。

「今にここらはボルネオと同じ気候になっちまって、椰子《やし》が生えて、虎が歩くようになるぞ」と秋山おじさんは、昼休みの冗談話の間に言った。「わしの若い時分は、松本五〇部隊の雪中行軍が年末にあって、美ヶ原《うつくしがはら》から霧ヶ峰《きりがみね》と雪を踏みわけて、諏訪に宿営したもんだった。湖はもうピンと氷が張ってシャンとしてた。昔は何でもかんでも、今とちがって、折目筋目が正しくて、シャンとしていたもんだ」

秋山説によると、むかし硬派だった諏訪湖も、すっかり堕落して、軟派になってしまったというわけであろう。

例の諏訪湖のお神渡《みわた》り、結氷した湖に一夜にして氷のささくれ立った道が通う奇現象も、むかしは必ず一月じゅうにあったのに、今年は一月にはとうとうなかった。神様も軟化してしまったようだった。

それでも一月下旬になって、やっと湖は結氷し、週末には東京からのスケート客を迎えるようになった。湖のむこう側の、半日しか日が当らないので半日村と呼ばれている村々のあたりは、いつも雪に包まれている。しかし山々は頂きを除いてそれほど純白ではなく、三盆白《さんぼんじろ》をまぶした落雁《らくがん》のような色をして湖のまわりに連なっている。

上諏訪の遊覧船の発着所は、貸しスケート屋に衣更《が》えした。が、東京からのスケート客もだんだん豊かになって、自分のスケート靴を持参で来る若い人たちが多くなったので、貸しスケート屋のおやじは、現代の「なげかわしい」風潮をしじゅうこぼすようになり、スケータアたちの行状に対して、うるさい道徳的批評家になった。

「氷の上は危険だし神聖なんだから、へんなマネはしないでほしいな」とブツブツ言っていた。「全くこのごろの若い奴らは、見ちゃいられない。この間なんか、女の子を背中に背負って辷《すべ》ろうとして引っくりかえったり、チーク・ダンスで辷ろうとしたり、一番呆《あき》れたのは、大柄な女の子が股《また》をひらいて立って、男の子どもがわいわい言って、股くぐりをやって辷ろうとしたりするんだからな。それが東京者ばかりじゃない。土地の若い連中まで、勝手なことをはじめて、世間様の目を怖れないようになった。これじゃ伝統ある諏訪湖ももうおしまいですよ」

寒い週末には、上諏訪の駅周辺は、スケート靴を肩からぶらさげた若い連中でごったがえし、駅前のレストランや、名物のそばやは大そう繁昌《はんじょう》していた。

――修一と美代のあいびきは、この東京者たちの間にまじって、つづけられた。美代のスケートは、修一の指導のおかげでたちまち上達し、彼らは大ぜいの人にまじって、手袋の手をつなぎ合っていることで、無上の幸福を感じたので、鳥のように氷上を辷る快感は、決してスケート靴のおかげではなく、自分たちの幸福な心のおかげのような気がしたのである。

修一は採卵の仕事の合間には、八束《やつか》の仕事で忙しく、美代とのあいびきは、いつでも好きなときにできるわけではなかった。日によっては八束を朝から午後の二時三時までつづけ、すぐ六斗橋へ行って、採卵の交代に就くこともあった。

修一の八束の場所は、小野崎の村の岸ちかくであった。氷《こお》った湖に斧《おの》で穴をあけ、夏のあいだから積んでおいた水底の石垣めがけて、垂直にスダレを下ろし、寒鮒《かんぶな》や小海老《こえび》を巻き上げるこの特殊な漁の季節は、わかさぎ釣りがおわって、冬がいよいよ厳しくなるときにはじまったが、漁獲はばかにならなかった。

諏訪の冬風は時には身を裂くようだったが、恋が仕事に活気を与え、又美代が彼の仕事に少しも軽蔑《けいべつ》の色を見せないばかりか、むしろ仕事をはげましてくれるので、修一はいつも身内が温かい気がしていた。彼はよく働らき、どの冬よりも漁獲をあげていた。

夜一人になると、もう焦躁感も孤独もなく、世界が自分のものになったような気がした。闇の中にひびく祖父のいびき、柱時計の音、湖の風が竹藪《やぶ》をわたるざわめき、これらが寝床の中の若者のほてった耳に押し寄せた。

『信じられないような幸福だ。僕があの人に愛されている。湖のむこうの美しい娘に』

彼は夢うつつの中で、結氷した湖が向う岸とこちらの岸とをつなぎ、夢がそのまま結氷して堅固な現実の姿をとった様を思いえがいた。彼があんなに切なく考えた距離は、見かけのものにすぎなかった。それから彼があんなに怖れた、美しい娘とぶざまな自分との対比も、心配したほどのものでもなかった。二つの決して触れ合わなかった世界が溶けあって、接吻《せっぷん》を交わしたのだ。

『実際この世界には何てふしぎなことがあるものだろう』

闇の中に美代の美しい唇だけが、氷った湖を駈《か》けてくる一点の炎のように近づいた。

『あれは僕におやすみを言うために駈けて来るんだ。あの小さな炎の近づいてくる速さ。スケートよりも速い』

炎はとうとう近づいて彼の唇を灼《や》いた。

『おやすみ』

幸福な若者は眠りに落ちた。

四

二月も中旬をすぎると、春のような暖い日がときどき訪れて、午《ひる》すぎには氷がとけ出し、スケート場は「危険」の赤旗をいっぱい立てて、使用禁止になった。日曜日など、スケータアたちはさんざん愚痴をこぼしながら東京へ帰って行った。ここ何年か、諏訪湖ではスケートのできる期間は一ヶ月に充《み》たなかった。

そんなとき、岸辺の沢山のボートはのんびりと水にうかび、人影がないので却《かえ》って湖面は小さく、山々は近く見えた。午前中に辷っていた五千人もの群衆は、夢のように消え、結氷している湖心のあたりの輝やきだけがまぶしく目を射た。

あんまり雪が少ないので、この地方の電力事情は悪化し、さすが万能のデルタ・カメラも、金曜を電休日にすることになった。そこで美代も、成瀬さんや増田さんと一緒に、金曜は午前中からスケートに出かけたが、その日は修一が休日がとれないのが憾《うら》みであった。

——二月下旬になると、そろそろスケートのシーズンは終りに近づいていた。岸にちかいところから氷が溶け出し、溶けた氷が動き出すと、もう水温は春に近づいていた。白い泡を一杯含んだ氷は、瓦斯《ガス》を含んでいて、釜《かま》穴の近くに多く、そのこまかく亀裂《ひび》を織り込んだような部分はもう危険だった。同じ白さでも、白波が立っているような緻密《ちみつ》な白い氷は、六寸位の厚さがあって、一旦《いったん》氷って溶けて、又氷って重なり合った層が、白く波立ってみえるのであった。

そんな金曜日、もう三月がすぐ目の前だったが、女ばかりで一時間ほど辷ると、美代は修一に会いたくてたまらなくなり、スケート靴をかついで、一人でバスに乗った。

上諏訪のリンクには、すでに使用禁止の赤い旗が点々と見え、その旗の下さえ溶けかけて、いくつかの旗はかしいで見えた。湖畔ちかくは、南側はもうすっかり平常の柔らかい不透明な土いろの湖面に返っていた。

『もう今年のスケートはおしまいだわ』

そう思うと美代は淋《さび》しい気持がした。

もう修一と無邪気に遊んでいる季節はすぎて、真剣な春の到来に対して、体のどこかが身構えしているような感じがした。

『どうしてだろう。何もいやらしいことを考えてもいないのに』

彼女は徐々に平和と幸福に飽きていた。というよりは、修一の陥っているぼうーっとした幸福な安心感に飽きていた。二人はもっと劇的な状況の中で恋をすべきだった。

彼女は人の少ない湖畔の道を、ぶらぶらと小野崎村のほうへ歩いて行った。湖面の氷は、春の温かい光りに、耐えがたいほど眩《まぶ》しく、空もよく晴れて、遠い山々の雪は、青空へ向って、剣の尖《さき》をかがやかせているように見えた。

上諏訪を外れて高島公園の前まで来ると、湖畔へ下りて行って、靴の先で、氷を踏んでみた。そこらあたりは岸まですっかり結氷していたからである。そのとき美代の中にすばらしい思いつきが生れた。

『ここから辷って行って、いきなり修一さんの前へ姿をあらわしてやったらどうかしら。陸つづきに行くより、ずっとすてきだわ』

一冬でスケートの自信も出来、一つの思いつきに熱中すると急に無鉄砲になる美代は、早速スケート靴に穿《は》きかえて、今まで穿いていた靴を袋に入れて肩からかけた。

黒いスラックスに、赤と黒の太い縦縞《たてじま》のスウェータア、手袋やマフラーまで赤と黒をそろえた彼女は、氷の上へ下り立つと一緒に、氷面が赤い色に炎《も》え立つのを見て満足した。そしてうしろ手に手を組んで、上体を曲げて、岸ぞいに辷りだした。氷は多少ザクザクして感じられたが、亀裂の入るようなことはなかった。……

八束の仕事を終えて、魚籠《びく》を岸へ置きに行った修一は、遠く、

「修ちゃーん」

と呼ぶ女の声をきいて耳を疑った。それはたしかに美代の声だった。見るとかがやく氷上に、一点の赤と黒の蜂のように見える姿が、口に両手をあてて呼んでいた。その姿は光りに溶け入りそうに見える。

「おーい」

と彼も両手に口をあてて呼び返した。赤と黒の斑《まだ》らはまっすぐに急速度で近づいてきた。

修一は信じられぬ思いだった。夢うつつの中で彼女の唇が湖水を走り寄って来たように、思いがけぬときに、美代の姿が目の前にあらわれたのである。

修一が美代に呼びかけられた場所は、あたかもかつて彼が、秋のおわりの物淋《ものさび》しい霧雨の夕べ、湖のかなたをぼんやり望んで、まだ見ぬ幻の娘にあこがれていた場所であり、自分が育ってきて、何の奇蹟《きせき》も見出さなくなっていた古い沈んだ村の一

角であった。湖辺に枝を垂れた二三本の柳。おびただしい萱《かや》。黄いろく倒れ伏した芒《すすき》。その枯穂のいくつかは氷の中へ閉じ込められてしまっている。

「そこは八束だよお。ぐるっと廻《まわ》って来なよお」

ともう一度岸から修一は叫ぶと、そそくさとスケート靴に穿きかえた。古い、つぎはぎだらけのスケート靴だが、自分の稼いだ金で買って、穿き馴《な》れて、手入れを怠らない靴である。

美代は今度はゆっくり八束のまわりを迂回《うかい》して近づいて来た。氷の反映で、上気した顔が、人工的なほど美しく見えた。光りがくっきりと、スウェータアの胸のふくらみを際立たせていた。

「おどろいた？」

「ああ」

「『ああ』だけ？　つまんないな」

「丁度よかったんだ。今、一仕事おわったところだ」と修一は魚籠の中に跳ねている寒鮒をのぞかせた。「さア、一緒に辷《すべ》ろう。その袋もここへ置いてけよ」

「よかった。私、お仕事の邪魔をするのが心配だったの」

と美代は質実な声で言った。

丈の高い萱のかげで二人は接吻《せっぷん》したが、修一が両手で美代の頰を包むと、それは汗ばんでいて果実のような匂いを立てていた。

「すてきだな。僕は倖《しあわ》せだ」

と修一はあたりの湖へ、空へ、高い萱の草むらへ、宣言するような口調で言った。

美代は答えないで、氷の上へのばしていた脚をすっくと立てて、忽《たちま》ち数米《メートル》先へ逃げて、

「ここまで来たら、御褒美あげよ」

と手袋の両手を叩《たた》いた。

「よし」

と修一は身を起して追いかけた。

氷の上に忽ち尾を引いて起る風が、自分の立てている風だと感じる快さ。自分の中の輝く「愛」の固まりが、今、氷上を疾走して、そのために自分の肉体は消えて失くなって、愛だけが疾走しているように、追いつ追われつしている二人は感じた。

と、修一の大きな掌は、岸から五十米ほどのところで、見事に美代のスウェータアをしっかりつかまえた。……

――大島十之助氏は奥さんと一緒に、遊覧船の桟橋のところへ出て、口やかましい貸しスケート屋と話していた。夫婦は、漁協組合長が、東京から来た水産庁のお

役人を湖畔の宿で接待して、昼飯をすませて出てくるのを待って、町のそこかしこへ案内する、案内役に狩り出されていたのである。こんな場合には、組合長はこのインテリ夫婦を大いに信頼して、何かと役に立てたがった。

昼飯はなかなかはじまる様子もなく、夫婦は早おひるをすませて来たので、そこでのんびり時間をつぶして待っているつもりだった。

貸しスケート屋には、やはり暇人のお客が二人来ていた。大島夫人の大きらいな婆さんで、人の噂ばかりに日を送り、この婆さんの口にかかったら、男と女が並んで歩いていただけで、忽ちスキャンダルがでっちあげられるという蔭口《かげぐち》の天才だった。婆さんは、この近くに二流の温泉旅館を経営しており、仕事は娘夫婦に委《まか》せて、自分は噂漁《あさ》りに一日中出歩いていた。

婆さんと貸しスケート屋は、現代青年男女の不道徳話に熱中していた。

「宿へ入ってくると、いきなりお風呂《ふろ》へ直行して、風呂場でナニするんですからね、このごろの若い人は。それも十七、八の娘っ子と小僧がね」

としろがね荘の婆さんは力説していた。

「みんな堕落しとるんだよ。みんな」

と貸しスケート屋は口を合せた。

大島夫人はうるさそうにしていたが、大島氏はこういうゴシップ屋の話は、小説家として聴いておいて決して損はない、と日頃から主張しているので、むしろ婆さんのゴシップ慾《よく》をそそり立てるような合槌《あいづち》の打ち方をするのである。

そのとき、湖上の沢山の赤旗のずっと遠く、氷にとじこめられた中の島よりはるかに沖のほうに、ポツンと二つ人影がうごいているのに、貸しスケート屋は目をとめた。

「おやおや、危いな。こんな日に辷ってやがる。ものを知らん東京者がまぎれ込んだな。好《い》い気なものだ。チェッ」

遠い二つの赤と黒の人影は、それぞれ独楽《こま》のように愉《たの》しげに廻っていたが、ときどき上体が傾き合って、あたかも接触した独楽が急にぐらつくようにぐらつくと、股《また》をひらいてうまく躱《かわ》し、……そのうちに、腕を組んで遠くまで直行し、又ゆるやかな円を描いて、こちらへ近づいてきた。

「誰だろう」

と婆さんはそばの望遠鏡をとりあげた。大島氏はふとした直感で、婆さんに望遠鏡をのぞかせたくなかった。その手からいそいでもぎ取って、自分の目にあてた。

氷のはげしい反射のために、望遠鏡のレンズの中は、何か銀いろに燃えさかる炉の中をのぞいたような感じだった。遠い山々はくっきりと稜線《りょうせん》をつらね、ようやくピントが合ってくると、この世の喜びの限りのように、氷上を踊り狂っている一組の顔が見えた。

それこそは正に、彼が書こうとしている小説の登場人物、愛らしい主人公同士だった。二人の顔はすばやくレンズから外れ、レンズが追うと、又手繰り込むように視野へ入ってきた。幸福そうに笑っている口もとが、歯並びまでは見えないが、白くはっきりと輝やいてみえた。

「どれどれ、私にも見せて」

と婆さんが手を出した。

「いや……いや」

と大島氏は、つまらなそうな顔を装って、望遠鏡を棚へ放り上げた。……

——辷りながら、二人はふと、氷のミリミリという音をきいた。

しかし湖心にいるので、その音がどのへんから伝わってくるのかわからなかった。そのとき二人は手をつないで辷っていたので、美代の指のふとした緊張が、すぐ修一に伝わった。

「今、へんな音がしたわね」

「大丈夫だろう。心配するな」

修一も一寸《ちょっと》不安を感じた。そこで二人は手をつないだまま、今度はゆるりと大きく輪をえがいて見廻した。

見ると、小野崎村へかえる道はなくなっていた。日のかがやきにゆらめく水面が、いつのまにか広がっていて、その広がりはどんどん大きくなっていた。

二人は反対側の湖面へ行ってみた。そちらにも、いつのまにか、薄氷《うすごおり》をいっぱいうかべたのどかな水が広がっていた。

ぐるぐるまわるうちに、さっきは見えなかった薄氷の淡い層が水をにじませているのがあちこちに見えた。

「しまった！」

二人は、一等厚い氷の、ほぼ五十米四方の島の中に、しらない間に閉じ込められていた。

第五章

一

自分たちがいつ溶け消えるかもしれない氷の銀の盆の上に、二粒の木苺《きいちご》のように置き忘られたという事態が、二人にははっきり呑《の》み込めた。見つめ合った目の中に、自分の身の心配よりも、相手の身を気づかう色だけが浮んでいるのを、二人とも全く疑いようのない正確さで眺めた。

危機の中のこの瞬間は、愛が本当に二人のあいだに確かめられ、今までは見えない姿で漂っていた愛が、はっきり形をとって現われた瞬間だと云ってもよかったろう。二人のまわりにはただ、氷のギラギラする反射がまばゆく、相手の姿は、今にもその光りの中へ融《と》け込んでしまいそうだった。

修一には、美代の顔がこんなに神々しく清らかに見えたことはなかった。身も心も修一に委《まか》せ切っていて、スケート靴の足もとが慄《ふる》えぬように、手袋の手は修一の手にしっかりとゆだねていたが、一旦《いったん》その目もとを横切った不安の影は、忽《たちま》ち大きな信頼の光りに包まれた。

修一は何も軽薄に口を出して、気休めを言ったりはしなかったが、心では、どんなことをしてでも美代を救おうと決心していた。

「おーい！」

彼は声を限りに、岸の貸しスケート屋のほうへ向って叫んだ。

――その声を一等最初に耳にとめたのは大島氏だった。

望遠鏡を棚へ放り上げたのちも、彼は氷上を辷《すべ》る自分の主人公同士の姿へ、ちらちらと目をやっていた。それが愛らしくもあり、小癪《こしやく》でもあって、自分の手の届かないところで、愛の歓《よろこ》びを歌っている二人が、彼の作品に対する媚《び》態《たい》のようにも見え、嘲笑《ちようしよう》のようにも見えた。今すぐそのそばへ行って、二人の表情を観察し、小説のクライマックスの場面をしげしげと眺めて、取材したい焦躁にもかられる一方、どうせ彼らは籠《かご》の鳥で、どんなに遠くへのがれても、作者のつけた糸を離れて飛ぶことはできないのだ、という自信もあった。これは小説家独特の、まったく不合理な自信であった。

その耳へ、いきなり、

「おーい！」

という修一の声がひびいてきた。

むこうから、この貸しスケート屋の中が見える筈《はず》もないし、まして大島氏の顔が見える筈もない。

『多分、岸に友だちの姿でもみつけたんだろう』

と大島氏は思った。

しかししろがね荘の婆さんは黙っていなかった。

「ありゃ、へんな声がしなかった？　呼んでいるんだよ、氷の上から。こりゃ何か起ったんだ」

大島夫人はこの婆さんが大きらいだったので、話の間中不愉快そうに岸のほうへ顔を向けて、組合長と水産庁のお客様が、一刻も早く宿の玄関に姿を現わさないか、とそればかり待っていたが、婆さんのこの奇怪な叫びに、思わず湖のほうへふり向いた。

遠い氷の上に、手をつないでいる人影がぽつりと見える。

夫人は大島氏の耳に口を寄せて、

「どうしたの？　誰？」

ときいた。

大島氏は自分の縄張りを奥さんに又荒らされたくなかったので、

「ふん、何だろう」

とあいまいな返事をした。

そのとき、「おーい」という男の声にまじって、

「助けてエ！」

という女の悲鳴がきこえてきた。悲鳴と云っても、乱れのない端正な叫びで、目で見ても、男と手をつないだまま、女が片手を口にあてて叫んでいる形が見えるので、まじめに救助を求めているのがわかる。

「こりゃ大事《おおごと》だ。どこの誰だろう。きっと氷が融けて帰れなくなったのにちがいない。めったにないことだから、大ニュースにはちがいない。あんた、早く助けに行きなよ」

と婆さんが貸しスケート屋の肩を押した。

そのときの大島氏の顔にあきらかに狼狽《ろうばい》があらわれたので、カンのいい奥さんはすぐ察して、

「知ってるんでしょ。誰なの、あれ」

と脅迫的な低声《こごえ》で囁《ささや》いた。

大島氏は思わず、

「大変だ。修一君と美代さんだよ」

「えッ！　修一君と美代さん！」

奥さんが叫ぶのと同時に、婆さんの大きな声が、すぐそれを承《う》けて、

「名前はね、修一と美代っていうんですけど、この土地の者らしいですよ」

と言っている声は、すでに電話口の声だった。しろがね荘の婆さんは、諏訪《すわ》新聞社へ電話をかけていたのである。

貸しスケート屋は口やかましい一方、さすがに処置も機敏で、忽《たちま》ち身をひるがえして桟橋へ飛び出すと、若い者を呼んで、小舟を出すように命じていた。次いで風のように飛び出したのは大島氏だった。

「早く！　早く！　今助けに出るところだから、いい記事になりますよ。写真班を連れてね」

と電話口で怒鳴っている婆さんの背中へ、大島夫人が云いようのない憎しみの視線を投げているあいだに、夫人はいつのまにか一人ぼっちになっていた。

電話をかけ終った婆さんはあわてて桟橋へ飛び出した。貸しスケート屋の窓からは、すでに岸を離れた木葉舟《こつぱぶね》の櫓《ろ》をこぐ音がひびいて来たからである。

大島さんの奥さんは、胸がドキドキして、窓から身を乗り出した。すると思いがけないものを発見した。その木葉舟には、船頭のほかに、灰色の外套《がいとう》の背を見せてうずくまった大島氏が乗っていたからである。

『まあ、先を越されたわ！』

心配と怒りとで、奥さんが、もう追いかける由もないが、じっとしてもいられず、貸しスケート屋から二三段の木の段を昇って、折角おめかしをした和服の裾《すそ》もかまわず、桟橋へ駈《か》け上ると、

「おいおい、奥さん、何事だね」

と野太い声で呼ばれて、羽織をつかまれた。見ると、漁協組合長の丸井である。そばには、外套姿に眼鏡をかけた紳士が二人、ニコニコして立っていた。

「奥さん、御紹介しよう。こちらが水産庁の……」

紳士は皆まで言わせずに名刺を出した。

「今日はゆっくりあなた方御夫婦に御案内をおねがいしたいと思ってね。それはそうと、このさわぎは何です。今、宿から出て来たら、あなた方の姿は見えず、桟橋のへんが何だか只《ただ》ならぬ様子だからして」

「ええ……まあ……あの」

と奥さんは不得要領な返事をした。もうお偉方の案内どころではなかった。そのお偉方は悠々と四囲の風光を賞《め》でて、

「いやあ、春光に包まれた氷の湖というのも、すばらしい眺めですなあ。ほほう、小舟が出て行きますな。わかさぎ漁ですか」

などと言っていた。

奥さんは心の中で、自分の育てた若い二人の恋愛が、目の前で粉々にされはしないかと怖れていた。岸のまわりには、事件を察してだんだん弥次馬《やじうま》が集まりはじめており、お節介なしろがね荘の婆さんの電話で、新聞社の車も旗を立てて、もうすぐやって来る筈だった。あの子たちは何とバカなことをしたものだろう。……

「おや、おや、あの舟に乗ってるのは旦那《だんな》さんじゃなかろうかね」

と組合長が、深い皺《しわ》だらけの手で庇《ひさし》を作って、まばゆい湖上を眺めながら言った。

「そうなんです」

と奥さんはガッカリして答えた。

そうしているうちに組合長は、さすがは土地の人間で、事態がだんだん呑《の》み込めて来たようだった。水産庁のお役人に、彼はこんな氷の危険を綿々と説明し、あわせて大島十之助なるものの、任俠《にんきよう》の精神を褒めそやしはじめたので、奥さんはくすぐったい思いがした。

ぬるんだ水の反射が板の隙間《すきま》にゆらめいている桟橋の突端に、しろがね荘の婆さんと貸しスケート屋は、のんびりと腰を下ろし、婆さんは紫いろの別珍の足袋の爪《つま》先《さき》で、子供みたいに下駄《げた》をあやうく、水の上にブラブラさせながら、さっきの道徳論のつづきをやっていた。貸しスケート屋が、

「まあ、これで、われわれ、ふだんは古い古いと云われてる人間の、有難味という

ものがわかるだろうよ。勝手放題に、自由だの独立だのとわめき散らして、調子のいいときはそれでいいが、いよいよ危なくなると、

『助けてくれェ』

ということになる。われわれがそのとき助けなかったらどうなるか。氷の水にドボン。いくら若いと威張っても、心臓麻痺《まひ》で一巻の終りだよ」

「本当にそう。その通りだわね。だから少しは年寄のいうことも、ふだんからきいておけばいいんですよ。ああ、でも、あの二人が自分の孫でもあったら、どうでしょう。こんな事件で、世間様をさわがせて、みんなに笑われたり後ろ指をさされたり、(おお、いやだ!)、自分の孫がこんなことになったら、私なんか恥かしさのあまり、湖に身を投げて死んでしまうでしょう。とにかく、そういう点じゃ、私は損なタチで、潔癖すぎるくらい潔癖なのよ」

——大島氏と船頭を載せた木葉舟は、氷の破片が一ぱい浮いた水域を徐々に漕《こ》ぎわけて、抱き合っている二人のほうへ近づいた。

大島氏は舟の中の竿《さお》をとりだして、氷の岸を強く突いた。すると、氷は脆《もろ》く破れて、水の中にプカプカ浮んでしまった。

「いいか。俺がいいというまで動くなよ」

「はい」

と若い二人は声をあわせて答えた。

舟をあちこちの氷の破片にぶつけて、あんまり深くかきわけて行くのは危険だった。一寸《ちよつと》した加減で、又、舟が氷にとじこめられて、身動きできなくなってしまうかもしれないのだ。

大島氏はとうとう竹竿《たけざお》を二人のほうへ投げた。

「これで杖《つえ》をついて、探りながら近づいて来い。もう一寸というところで、杖を支えに飛ぶんだ」

「はい」

修一が竿の杖をついて、一歩一歩自分の足先をたしかめながら近づいて来、美代がその腕にしっかりつかまって、ミリミリと陽気な音を立てる足もとの氷を慎重に見つめていた。しかし、二人はどうやら、そうやって、舟の目先一メートルほどのところまで来ることができた。

『若い盲の恋人同士といったところだな』と大島氏は内心ニヤニヤしながら、これを眺めていた。

『彼らの若さと情熱も、全くこの通りの盲なんだが、まあ、それに気がついていないのが倖《しあわ》せと云うもんさ』

二人は目と目で譲り合っていたが、ついに合図をして、美代が杖と修一に支えられて飛び出し、若い船頭に受けとめられて、無事に、スケートを穿《は》いたまま、小舟に乗り移った。しかし小舟はおそろしいほど左右に揺れて、氷のカケラがとび込んで、大島氏の首筋に入って、この落着き払った大文豪を、

「キャッ」

と叫ばせた。

つづいて修一も、どうやら巧みに小舟に飛び移り、舟はゆるやかに向きをかえて、岸へ向って進み出した。

「どうもありがとうございました」

と修一は大島氏に頭を下げた。しかしこのとき大島氏が肚《はら》の中でどんなに悪魔的な企《たく》らみをしているかに気づいたら、いかに素直な修一の口からも、こんな感謝の言葉は出なかったろう。

「よかった。よかった」

と大島氏は、満面の笑みを湛《たた》えて言った。

「すみません。御心配をかけて」

と美代もしんみり頭を下げた。

「いいんだよ。こんなことは春先にはありがちのことだ。人間の頭も氷も、どっちもフワフワしてるんだからね。それでも昼間でよかったよ。夜こんな冒険をしたら、とんだことになる」

「僕が軽はずみだったんです」

と修一が言った。そう言いながら、貸しスケート屋のあたりの岸を眺めた彼は、呆然《ぼうぜん》としてたずねた。

「あれは何ですか」

岸には一ぱいの人が群がっていた。そこのところが、中ノ島に遮《さえぎ》られてよく見えないのだが、中ノ島の暗い影の左右に、岸に立てられたスケート禁止の沢山の赤旗の間を、くろぐろと埋めている一線は、人間の群にちがいなかった。その間にときどき何かがキラリと光るのは、カメラらしかった。

「君たちの歓迎陣だよ。宇宙人生還を祝して、というわけだな。きょうは水産庁のお偉方が来ていて、それが諏訪新聞の唯一のニュース種だったんだが、今や君らが、最大のニュースになって、水産庁なんか、どこかへ吹っ飛んでしまったのさ。……いいかね。あれは君らにとって天国の岸でもあり、地獄の岸でもあるわけだ。それを天国の岸にするのも、地獄の岸にするのも、君たちの決心と度胸次第なんだよ。

そもそもマスコミの魔力を利用して、これを征服した者は、今の世の中では、何一つできないものはない。東京の流行作家連中や映画スタア連中を見ればよくわかるだろう。あの岸の群衆は、つまり諏訪のマスコミなんだよ。今こそ君らは、禍《わざわい》を転じて福となすチャンスに恵まれたんだ」

大島氏は昂奮《こうふん》のあまり、だんだん暑くなって、灰色の外套《がいとう》を脱いだ。彼の頭にはいろんな夢が妙な具合にこんぐらかり、創作衝動と独り合点とがごっちゃになって来ていて、きいている美代は不安にかられた。そうかと云って、今、氏に反抗すれば、例の修一の労働現場の見学の発意を、修一にばらされるかもしれなかった。美代は黙っているほかはなかった。そういう彼女の口に出せない思いを、大島氏は察したのか察しないのか、チラと彼女の顔を見てから、更にお喋《しゃべ》りをつづけた。

「君らの恋愛をあそこでみんなに公表して、みんなの祝福を一気に獲得するんだよ。あとは坦々《たんたん》たる路上を行くごとし。君らは諏訪の町のポオルとヴィルジニーになって、どんな現実の障害だって、やすやすと乗り超えて行けることになる。え？　そう思わんかね。あとはすっかりこの俺に委《まか》せてくれればいいんだ」

修一は今しがたの氷上の幸福感からまだ醒《さ》めやらず、ぼんやり大島氏の言葉を聞き流していた。

するうちに岸の群衆の顔は一人一人見分けられるほど近くなっていた。

二

小舟から桟橋へ、三人が順によじ登ると、そこには諏訪新聞の写真班が、すでに待ちかまえていて、しきりに写真をとった。

岸の群衆は桟橋のほうへ押し寄せて来て、

「まあ、よかった。助かったね」

「怪我もしてないじゃないか」

「危ないとこだったね。命がけのラヴ・シーンだね」

などと口々に言い、二人の顔をのぞき込んで無遠慮に笑った。

「おや、はあ、小野崎の修一じゃないか」

こういう声の主を修一は敏感に探したが、それは漁協組合長の赤ら顔であったので、彼は穴があったら入りたいような気がした。

「えらい派手なことをやってくれたなあ」

と組合長までが、群衆の面白半分の揶揄《やゆ》の仲間入りをしていた。

いかがわしろがね荘の婆さんにいたっては、

「どいて下さいよ。どいて下さいよ。私はさっきからここにいたんだから」

と真剣な顔を群衆の間からつき出し、物も言わずに、成行を注目していた。

水産庁のお客様はすっかり人に押し出されてしまって、大島さんの奥さんがひっきりなしに詫《わ》び言を言わねばならぬ羽目になった。

「すみません、本当に。宅はあのとおりのオッチョコチョイで、一つ事にカッとなると、大事なお客様まで忘れてしまうんですから。何でしたら、もう一度旅館へおかえりになって、お休みになっては」

しかしお役人も、こんなロマンチックな小事件に興味を抱いたらしく、人に揉《も》まれながらも、その場を離れようとしなかった。そしてそこにいるすべての人の顔を、湖の岸ちかい春の水の波紋の反映が明るませていた。

新聞記者は薄野呂の眼鏡をかけた男だったが、まず美代をつかまえて彼が何か問いかけようとすると、

「記者会見はあっちで」

と大島氏が大声で貸しスケート屋の小屋を指さしたので、みんなが笑った。

せまい小屋の中へは、特権を持った人物だけが堂々と入場した。修一と美代、大島氏夫婦、スケート屋自身、しろがね荘の婆さん、新聞記者とカメラマンは勿論《もちろん》のこと、水産庁の二人の紳士と組合長まで、この特権を行使したのはおどろきであった。群衆は窓という窓からのぞいていた。

「幸い無事にすんだ事件ですし、写真入りで、『諏訪湖の水ぬるむ春、危なかったロマンスの二人』とでもいう見出しで、大々的に扱いたいと思うんですが、御二人の姓名、職業など……」

二人はあまりのことに、うつむいて返事もできなかったが、大島夫人が背広の袖《そで》を引っぱる暇もなく、大島氏が二人に代って大声で紹介した。

「こちらの青年は、小野崎村の模範青年、田所修一君、漁業をまじめにやっておられる。こちらの美少女は正木美代さん、デルタ・カメラにお勤めで、二人はかねてから、相思相愛の仲です」

「いや、これはこれは」

新聞記者はちびた鉛筆でメモをとったが、これがひどくスローモーで、機敏なカメラマンがその間に又何枚か写真をとった。

「どういうわけで、こういう災難に会われたか、その経過をひとつ」

「それより先に、私から申し上げたいことがある」と大島氏が言い出したので、奥さんがあわてて目でとめたが、間に合わなかった。

「私の本名は相沢というのだが、むしろ筆名で大島十之助と言ったほうが通りがいいだろう」

「これはこれは大島先生ですか」

と記者が言ってくれたので、大島氏は大いに面目を施した。

「いや、ろくな作品もないので恥かしい次第ですが、今私は『愛の疾走』という小説を書いている。地方主義の美しいロマンで、諏訪の美しい風景の精のような清らかな青年男女の恋愛を取扱ったものなんだが、その主人公のモデルが、何を隠そう、この二人なんだよ。今日の事件も、すっかり世間をお騒がせしてしまったが、もとはといえば私から出たことで、かねがね二人が薄氷《うすごおり》の氷上でスリルに富んだ滑走をしながら恋を語る場面を空想していて、それを二人にも話したことがあるんだよ。なあ、修一君」

修一は何も答えることができなかった。

「二人とも私の小説の構想に忠実でありすぎたわけで、この上は皆さん、二人の愛の成就のために、未来を祝福して、これを機会に両君を、諏訪のロマンスの象徴として、『湖の恋人たち』とでもいう名前で、大いに喧伝《けんでん》してもらいたいんだよ。どうです諸君」

と大島氏は窓の外の群衆に共感を求めた。

「みんなでこの二人の幸福を祝福してあげようじゃないか」

「賛成！」

「いいぞ、いいぞ」

「お似合だ。やけますねえ」

などという声が口々に起った。

しろがね荘の婆さん一人がこれに異議を申し立てた。

「そりゃあ土地の宣伝になることだから、私は何とも申しませんがね。そういうことはキッパリとした建前でやってもらいたいもんですね。このお二人は、まず第一に、親の許した仲ででもあるんですか」

一座はシンとしてしまった。

美代は一生けんめい頭を働らかせていたけれど、大島氏が自分の小説の前宣伝のために、まずこんな風にモデルを利用していることはわかったが、それ以上のところは全くわからなかった。彼女はもう半分ヤケッパチな気持になった。修一と二人でこんな世界を一日も早く脱け出したい気持だった。明日の朝の新聞記事のことを思うと、それはすべてが大島氏のせいではないにしても、実にやりきれなかった。

三

――果して明る朝の新聞記事は、かれらの生活を一変させてしまった。

デルタ・カメラでは、朝の女子寮のさわがしさの中では、なかなか新聞を読む暇もなく、職場へ行っても、ましてのんびり出来ないので、ひょっとすると、誰もその記事に気がつかないのではないかと、美代は希望的観測を持ったが、それは単なる希望的観測にとどまった。

朝食の食堂で、並んで卓についた美代と増田さんと成瀬さんの前へ、誰かがそっとひらいた新聞を置いて行った。神経質になっていた美代は、その犯人を見のがさなかったが、それは寮で最年長の意地悪なオールドミスだった。

増田さんも成瀬さんもおしゃべりに夢中になっていて、なかなか新聞に気がつかなかった。卓上には、いつものように温かい味噌汁《みそしる》が湯気を立てており、ラヂオの朝の音楽が流れる中に、沢庵《たくあん》のあざやかな黄いろの切口が、いかにも逞《たく》ましい感じだった。壁には、

「能率は健康から」

という、はなはだ散文的な標語が貼られ、女子寮の食堂らしく、一メートルおきにつつましい花が飾られていた。

美代は怖いながら、その新聞を手にとってみたい誘惑を感じたが、どうしても手がそのほうへ伸びて行かなかった。

そのうちに卓の向う側の女の子が、早く食事をおわって、つと新聞へ手を伸ばしそうになったので、美代は思わずそれを自分のほうへひったくった。

「あら、いじわる！」

と新聞をとられた小柄な女の子は口を尖《とが》らした。どんなにおしゃべりに夢中になっていても、親友に向けられた攻撃には忽《たちま》ち反応する増田さんと成瀬さんは、美代を「いじわる」と呼んだ女の子のほうをぐっと睨《にら》みつけた。

「あら、睨まれることないわ。読もうと思った新聞をとられたんだもの」

「新聞って？」

成瀬さんは美代の手もとの諏訪新聞へ目を移した。そしておそるべき早目で、美代の写真をのぞいてしまった。

「あらあら、これ、正木さんじゃないの」

増田さんと成瀬さんは、うすぼけた粗悪な印刷の写真と記事に忽ち首をつっこみ、朝食どころではなくなった。

「すてきねえ。彼氏もスカッと写ってるじゃない。大ロマンスじゃない。おごりなさいよ」

成瀬さんは大げさな口調でからかったが、それには心なしか、いつもとちがう冷たさがほんの少し感じられた。

見る見るうちに、食堂は廻《まわ》しよみにされる新聞のおかげで湧き立ってしまった。

「ずるいわ。私たちをまいておいて、こんなスリリングなあいびきをしていたなんて」

と卓の下で増田さんが美代の腿《もも》を抓《つね》ったが、大柄な増田さんは指にも力があって、美代は飛び上るほど痛かった。

——いよいよ出勤の時刻が来て、門を入ってゆくと、門衛のおじさんに呼びとめられた。

「正木さん、ちょっと、ほんの二三分、いいだろ」

増田さんと成瀬さんは目を見合わせていたが、

「先に行くわよ」

と言い残して行ってしまった。

門衛のおじさんは、美代を、火の乏しい、煙草の吸殻だらけの、大きな鉄の火鉢のそばへ連れて行くと、

「これを見たかい？」

と新聞を見せた。

まんなかに、遠い氷上の二人の写真、多分望遠レンズで撮ったのがあり、その下に、二人が桟橋へ上ったところの笑顔の写真があった。

「諏訪湖に春の訪れ

アベック・スケータアとんだ御難

『愛の疾走』中の出来事」

などという見出しの下に、大島十之助氏談などの記事がこまごまと、からかい半分の文章で書かれていた。

「こんなことではいけないよ、美代さん。新聞記者は気をつけなくちゃ。たとえあんたがこの人を本気で好きでも、一旦《いったん》新聞にこんな風に扱われたら、世間の笑いものになるばかりなんだ。この小説家の大島とかいう人にも気をつけたほうがいい。何しろあんたは嫁入り前の体だし、工場の大ぜいの娘さんの中でも、特にあんたの身を私は心配してるんだ。東京者なんかのマネをして、無軌道をやってはいけないよ。これはおじさんの説教というより、お願いだ。いいね」

こんな身にしみるお叱言《こごと》をきかされると、美代の一日はもうすみずみまで翳《かげ》ってしまった。自分の軽率が悔やまれたが、罪は軽率さばかりではない。何かの力が、すべてをこんな妙な結末へもって来てしまったのだ。

――IBM室へ入ると早速室長にからかわれ、廊下へ出たとたんに、又課長にからかわれた。明るい解放的な会社だから、陰湿な非難の含まれていないのは有難かったが、身の入らない仕事にむりやり精を出しながら、『修一さんの家じゃどうだろう。新聞をよんで、古風な家族は、そのまま大人しくしているかしら』と思うと、美代の胸は不安でいっぱいになった。

大島十之助の章

一

……俺はもう「愛の疾走」という小説を書きはじめている。諏訪《すわ》新聞の記者に言ったことは嘘ではない。

女房はあいかわらずフフンという表情で俺の仕事ぶりを眺めているが、夜など仕事を詰めていると、心配して、鍋《なべ》やきうどんを持ってきたり、机の上に黙って肝臓保護剤なんかを置いて行ったりするのが、この女の面妖《めんよう》なところだ。

仕事の進行状況はいいのだが、途中で困ったことが起きた。恋愛小説の常道で、愛する者同士が、一度悲境に陥らなければ、あとのクライマックスの効果がない。一時別れ別れになったり、誤解し合ったり、そういうドン底があるから、あとの頂点も生きてくるわけで、東京の通俗作家が用いる「すれちがい」という手も、要するにこれである。読者は、小説に感情移入をすればするほど、真剣に恋人同士の幸福を祈るが、同時に、読者というものは欲張りで残酷なもので、あんまりスルスルと幸福の絶頂へ登りつめるのでは物足りないのである。それまでに何やかや、艱難《かんなん》辛苦があってほしいのである。

こういう要求は、いわばリアリズムと夢とのまざり合った要求といえるだろう。つまりどんな恋愛にも、苦労や難関はつきものだということを、読者は経験上知っており、小説も亦《また》そうあらねばならないが、同時に、読者の経験にはなかった甘美な夢のような幸福も、最後には与えてもらいたいのである。

――思わず小説論に深入りした。

さて、その「二人の悲境」ということだが、傍で見ていて、俺は、修一と美代があんまりスラスラと愛し合い、あんまり簡単に幸福になるのが気に入らなかった。これには女房のつまらぬ世話焼きも、あずかって力があるのだが、一方、俺が、美代の幻滅に一寸《ちよつと》力を貸そうとした企《たく》らみも徒《あだ》になった。修一の無恰好《ぶかつこう》な仕事着姿をわが目で見て、幻滅を感じるどころか、却《かえ》って美代は、ゾッコン惚《ほ》れ込んでしまったらしいのである。農村出の少女のへんてこなロマンチシズムというものについて、俺はどうやら研究不足であったらしい。

二人に悲境を与えようにも、俺は満天下の子女の紅涙をしぼるような通俗作家のテクニックは用いたくない。「すれちがい」なんて以《もつ》ての外である。

本当に愛し合っている同士は、「すれちがい」どころか、却って、ふしぎな糸に引かれて偶然の出会をするもので、愛する者を心に描いてふらふらと家を出た青年が、思いがけない辻《つじ》でパッタリその女に会った経験を、ゲエテもエッカーマンに話しているほどだ。

又、親や封建的な柵《しがらみ》という奴もゾッとしない。今どきそんなもののおかげで引き裂かれる小説を書いたら、中央文壇で笑われるにきまっている。

そこで俺は考えたのだ。現代のもっとも怖るべき力はマスコミである。田舎にいるとわからないが、東京のマスコミの影響力は大したものらしい。「ひとつこれを使ってやれ」と俺は考えた。

そう考えたとき、願ってもない機会が訪れたのである。

二

氷上にとりのこされた二人を見、ゴシップ婆さんの電話を耳にしたとき、俺にうかんだインスピレーションは正にそれだった。

小なりといえども諏訪のマスコミの力は、無名の恋人の仲を裂く程度の力はある筈《はず》である。そこには現代の縮図があり、俺の愛らしい田園小説の一部分に、現代のけたたましいサイレンを鳴りひびかせることができる。

いかに地方主義の文学であっても、どこかで中央文壇の批評家の舌に、

「ああ、ここに現代がある！」

とピリッと利かせるものがなくてはならない。これはいわば彼らに対する鼻薬で、贅沢《ぜいたく》な彼らは、現代の押し売りには食傷し、そうかといってあんまり醇朴《じゅんぼく》な田園趣味にもすぐ退屈するから、そこらをうまくつきまぜて試食に供する必要があるのだ。

これだ！　これだ！　と俺は考えて、二人を氷上から助け出してのち、岸へかえる木葉舟《こっぱぶね》の上でいろいろと考えた。

あげくのはてに、俺は、新聞記者に二人のロマンスを大々的に売り込み、かたがた俺の小説の宣伝もやってのけたのである。これ正に一石二鳥というものだ。

――そして、可哀そうだが、若い二人は、まんまとマスコミの餌食《えじき》にされてしまった。あくる日、新聞に大きな記事と写真が出ると、諏訪の町中で、二人を知らぬ者はなくなった。

美代は工場の上役や同僚にからかわれ、修一はもっとひどいことになった。あくる朝の新聞を、家族の目にふれさせまいと考えるだけの才覚は彼にもあったのだが、折悪しく朝刊の来る時刻、彼は六斗川の交代に当っていて、その留守にまず祖父が、いつもながら早い目ざめの朝の炬燵《こたつ》で、新聞をじっくりと読んでしまった。

「諏訪湖に春の訪れ

『愛の疾走』中の出来事」

その写真を、修一の祖父は、老眼鏡をかけ直して、とっくり眺めた。

祖父はまず、この記事全体をはなはだ愉快に感じた。若いときの女道楽の自慢をいまだにしたがって、嫁にたしなめられることの多い祖父は、可愛い孫が大手柄を立てたように感じたのである。

『うむ、こりゃあなかなかやりおるわい』

まだ子供だと思っていた修一が、こんなに立派な色事の実績を立てているのに、祖父はつくづく孫を見直した。どうせやるなら新聞に出るくらいに派手にやるがよく、それも心中などのじめじめしたのは困るが、こんなに朗らかな事件なら申し分なかった。

以下はみな、修一からの又聞きだが、記事を読みおえたお爺《じい》さんは、

「おい、勝、勝」

と修一の母を大声で呼んだ。このときのおじいさんの声は、漁師が遠い舟から、急にあらわれた魚群を仲間に知らせるような愉《たの》しげな声だった。

「何です」

と朝食の仕度をしていた修一の母は、手を拭《ふ》き拭き茶の間へ入ってきた。

「これを読んでごらん」

「あら、新聞ですか。よして下さいよ、おじいさん、今、そんな暇はありませんよ。御飯がおそくなるばっかりですよ。どうせ漫画か何かでしょう、わざわざ私を呼んで」

「まあ、いいから、読んでみなさい」

母はしぶしぶ中腰で、新聞を片手にとった。その目が写真に釘《くぎ》づけになった。と、彼女は、ふうっと大きな吐息をつき、畳の上に坐《すわ》り込んで、新聞を丹念に読んだ。

「何とまあ！　何とまあ！」

この白粉気《おしろいけ》のない四十五歳の寡婦は、耳の附根まで真赤になった。

祖父は嫁のこんな反応にびっくりしていた。この壮健な、仕事着のほかにお洒落《しゃれ》を知らないたのもしい嫁が、目の前で新聞の上にうつむいているその横顔には、はげしい怒りがうかがわれ、厚い胸は波打ち、目は血走って、いつになく神経質に何度も後れ毛をかき上げていた。

「とんでもないことをしてくれました」

「そりゃお前、息子が泥棒でもした時にいうことだ」

「泥棒より悪いです。おじいさんは何だって、こんな場合に修一を庇《かば》うんです」

母の目は無邪気な新聞の記事のうちに、明らかに醜聞を見ていた。修一の潔《きよ》らかさを一心に信じて、そこに自分の潔らかさを賭《か》けてきたこの寡婦は、はっきり息子に裏切られたと感じたのである。

「これで修一も姉さんをますます縁遠くしてしまうし、私たち一家はもうおしまいですわ。あの子だけは、と思っていたのに、あの子だけはと……」

母はもう袂《たもと》を目にあてていたので、祖父はあわてて慰めた。こんなことになるのなら、自分一人新聞を読んで、こっそり風呂《ふろ》にでもくべてしまえばよかった、と思ったが、もう遅かった。

「何を言うんだ。大袈裟《おおげさ》すぎるよ。若いときはいろんな失敗があるもので、……」

「いいえ、あの子のお父さんにはそんな失敗はありませんでした」

母は涙に濡《ぬ》れた目で、ちらと茶の間の奥の身分不相応に大きな金ぴかの仏壇に目をやった。そこには戦死した父の陸軍歩兵軍曹の写真が飾られていた。

『あいつだって、お前の嫁入り前は……』

と祖父は言おうとしたが、差控えた。母の激昂《げきこう》がどこまで行くか、見当がつかなかったからである。

そこへ台所から、母の泣き声を気づかって姉の信枝が姿をあらわした。

信枝はいくらか貧血質の、はっきりしない顔立ちの娘で、一家で一等体が弱いところから、祖父や母がわかさぎ漁に出かけるときも、留守番をして家事にいそしんでいた。もう二十四歳になるのに、ひどく色気に乏しくて、恋愛はもちろん、人が世話をしてくれる好い話もなかった。

「そういえば、修ちゃんはこのごろへんだと思ったわ。何だかそわそわして、家へかえって来るときは、お尋ね者が帰って来たみたいな感じだった」

と信枝はゆっくりした無表情な口調で言った。

「お前は黙っていなさい」と母親は命令した。「修一を堕落させた女は、湖のむこうのあの白いいまいましい工場の女工だろ。昔なら、親が許さない恋愛というわけで、仲を裂いて、駈落《かけお》ちさわぎにでもなるところだけれど、これでも私は新らしい頭があるから、そんなヘマはやらないよ。当分しらん顔をして、修一のいうことなら、何でもハイハイときいてやる。そのうちに熱がさめるのを待つんだ。それで一方、私はあちこちへ手をまわして、修一を誘惑した女の前歴を調べてみよう。これほどの女だから、きっと、男の二人や三人は知っているにちがいない。きっと今だって、別の男がいるにちがいない」

——それから数日、修一の家をきみのわるい平和が支配した。現にその朝、六斗川からかえった修一も、新聞のことを何も言われなかった。

修一の母は人づてに、諏訪の町の最大の消息通を探し当てた。ついに彼女は、しいろがね荘の婆さんのところへ、美代の素行についてききに行ったのである。

三

美代と修一は、もうどこにもあいびきをすべき場所がなくなった。人気のない山間の小径《こみち》、たとえば、霧ヶ峰へゆく自動車路から立石の部落へ入るあたりをこっそり歩いていても、たちまち藪《やぶ》かげからおどり出る悪童どもに、

「やアい、アベック・スケータアが歩いてやがら」

「ああ、あつい、あつい。氷が溶けるの当り前でしょう」

などとからかわれた。

こうして二人は、しばらく俺の視界から遠のいた。しろがね荘の婆さんが、美代について、あることないことを修一の母の耳に吹き込み、その中傷はそのまま修一の耳にそそがれ、弁解しようもない美代との間は、気まずくなっていることがわかった。もちろん、こんな場合、俺の女房は黙ってはいなかった。彼女は修一や美代と個別的に会い、二人のヨリを戻すために奔走しているらしかった。

俺はしかし平然としていた。本当に二人が愛し合っているなら、いつか必ず誤解も解け、障害も障害でなくなる筈《はず》だ。すべては二人の愛の強さにかかっているのだ。諏訪では七年に一回の御柱《おんばしら》の祭がはじまっていた。

これはまず上社《かみしや》のほうで、かなり荒っぽい行事が行われ、一ヶ月後の五月十二日から、下諏訪の下社《しもしや》のほうでも、全く同じ行事が行われるのである。諏訪では、御柱の祭のある年の結婚はタブーとなっており、そのために前年がものすごい結婚ブームになる。

御柱の起源は、結局、伊勢《いせ》大神宮の新築造営と同じ、何年目毎の神社の新築の行事であって、深い森から切り出した材木を、社殿のかたわらに柱として立てるのは、社殿の新築を象徴しているのである。しかし、わざわざ新築しては、費用もかさんで大変だから、一種の便法として採用した儀式が、かくも大がかりなものになったらしい。

町は祭に湧き立っていたが、俺は修一についての、こんな噂を耳に入れていた。小野崎村は本来上社の氏子であるが、新聞の事件があってから、青年団で彼の参加を拒否され、折角の光栄ある上社の行事に、彼は出られなかったというのである。本当とすれば気の毒なことだが、俺はもちろんこんな噂が本当でないことを望む。光栄ある青年団の若いボスが、そんなに人の恋物語についてヤキモチやきであるとは信じられないからである。

そこで修一は下諏訪の学友をたよって、下社のお祭に参加することになった、というのだが、どうやら重点はこちらにありそうで、俺は、（ひょっとすると、これも軍師は、俺の女房ではないかと思いながら、ニヤニヤしていた。彼が何とか理由をこじつけて、必ず美代が見に来る下社の御柱のほうに、参加したい気持であることは、俺には掌《たなごころ》をさすようにわかるのだ。

「あしたはお祭だわ。美代さん、すっかりしょげてるらしいから、可哀想に。あした一緒に誘ってあげましょうよ」

と女房が言った。

「ああ、いいだろう」

と俺は修一のことには何も触れずに答えた。

……………………。

十二日は大雨だったが、十三日は恵まれた快晴になった。俺たち夫婦は、下諏訪の有名なそばやで美代と待合せた。彼女はなかなか来なかった。

その日の下諏訪は大変な人出で、町内は全部車止になっていた。人々は明るい五月の日ざしの中を、のんびりと歩いている。そばやの入口の戸はあけっぱなしになっており、のれんの下から、晴着の人たちの足だけが動いてみえ、お祭の法被《はっぴ》を着た子供たちは全身が見える。鈴の音や、笛の音や、太鼓の音が、あちこちから無秩序にきこえる。

するうちに、

「長持が来た」

という声がして、子供たちが、日の当る坂を駈《か》け下りて行った。やがて、甲高い歌声とギイコギイコというなつかしい軋《きし》りがきこえてきた。

俺も子供のころ、御柱の祭で、町内をめぐる長持のあとを、どこまでもついて行ったことがある。俺は気分が浮々してきて、女房と一緒にそばやの入口に立って、長持行列を見物した。

それは、長い材木の先のほうへ、砂を入れた長持を懸け、従って長持の重みが十分にかかる尖端《せんたん》には、横木を架して四人の若衆がこれを負い、材木のうしろのほうは一人の若衆が負って、町を練り歩くだけのことだが、色彩の美しさは無類である。

これをめぐる花笠《はながさ》の老人の歌い手たち。この一行は町内の角々に止って、独特な歌をきかせ、振を見せる。材木の尖端には、大きなおかめの顔がついており、おかめは紫の頭巾《ずきん》をかぶり、鼻の穴から金銀の水引を垂らし、顔のまわりの紅白の扇つなぎの両わきに、赤と紫の旗をかざしている。しかもその頭から一之宮御用、諏訪大神と記したお札を立て、お札のうしろに、ゆたかな白い御幣を、たてがみのように、ゆさゆさと風に揺らしている。

若衆は化粧をし、こまかい黒白の碁盤縞《ごばんじま》の法被に黒の股引《ももひき》、水浅黄の鉢巻、水浅黄の帯、水浅黄の手甲《てっこう》には桃いろの紐《ひも》がつき、法被の下辺には金の鈴が一列についている、という、目もあやなあざやかさである。

この長持は、丁度そばやの前の角で止った。止るのは、歌のはじまりであり、振のはじまりである。

花笠の古老が、青空をつらぬく百舌《もず》のような鋭い声で、

「あーら、めでためでたの……」

と祝歌《ほぎうた》を唄《うた》い出す。すると四人の若衆は、

「ホラ、ドッコイドッコイドッコイナ」

と調子をとり、おのおの、白い紙の花を頂きに飾った息杖《いきづえ》を左右に動かし、みごとに整った足拍子を踏むのである。すると、長い材木はうまくしなって、長持の重みで、

「ギイコギイコギイコギイコ」

というなつかしい軋《きし》り音《ね》を立てる。これがうまく揃うのは、まことにむつかしい。

この音をきくと、俺は自分の幼年時代を思い出して、言うに言われぬ気持になる。その音はブランコの軋り音のように、遠い遠い子供の日曜日の記憶からひびいて来るのである。俺が自分のことを、つくづく詩人だと思うのはこんな瞬間で、ハンス・カロッサのように、美しい幼年時代の小説を書いてみたいと思ったりする。俺の心には、ジイドのいわゆる「源泉の感情」がいつもこんこんと湧き出ているのだ。

しかるに、女房はニベもなく、

「何だろう、あのイヤラシイ音。お腹《なか》がくすぐられるようで、気持がわるいったら、ありはしない」

とほざいた。彼女のような全く詩のわからない女に、一生養われてゆく男の悲劇は、果てしがない。しかし、今に見ろ。「愛の疾走」が成功しさえしたら……。

――そのとき、

「こんちは」

と女房に挨拶《あいさつ》している美代の姿に俺は気づいた。俺のはじめて見る着物姿で、それがモダンな着物ではなく、昔風のこまかい矢絣《やがすり》なのがいかにも可愛らしく、恋にやつれた風情が、いつも元気な彼女よりも五割方美人に見せていた。

「あら。美代さん。着物似合うのね」

――これは俺があの氷の事件以後、はじめて美代に会う機会だった。女房と彼女は二言三言言葉を交わしたが、これは以前の調子とまるで変っていて、二人はあたかも俺がその場にいないような調子で話し、美代の声は清くすがれて、どこかにはかないような響きを含んでいた。

突然、空に昼の花火が轟《とどろ》いた。

美代はおどろいて見上げた空に、白い煙が立ち迷うのを眺めたが、それが気まず

い挨拶にはよいしおと考えたものだろう、はじめて俺のほうを向いて、

「こんにちは」

とそっけなく言った。

四

修一はどこに隠れていたのだろう。

俺は修一と美代のそれとない出会を心待ちしていたのに、その機会はなかなか訪れなかった。

俺が期待をかけていたのは、遠い森の中で伐《き》り出された第一の御柱が、木遣《きや》り音頭につれて、ゆるゆると坂を引きずり下ろされて来るとき、その六、七十人も乗っているその御柱の上に、きっと修一の姿を見出すにちがいない、ということだった。

誰が一体こんな不経済な運搬法を考え出したものだろう。丸い材木の下辺が、伐採所から神社へ着くころには平らになって、断面の円は半円になってしまうというくらいだ。

沿道は鈴なりの人で、みんな崖《がけ》の途中にあやうく引っかかって見物している。納屋の屋根からカメラを向けている人もある。畑は踏みしだかれ、若草はおばさんた

ちの大きなお尻《しり》で蹂躪《じゅうりん》される。

　御柱は迂路《うろ》のひろい坂道を、金の幣《ぬさ》を捧《ささ》げた子供を先頭に牽《ひ》かれて来る。長い長い二本の綱に、大ぜいの男がとりついており、その綱から引かれた小綱は、又たくさんの、よそ見ばかりしている子供たちにのろのろと引かれている。材木の端にまたがった木遣の唄い手が、高い鋭い、切り裂くような叫びを上げると、

「コレワサーノーエ、ヨイサヨイサヨイサヨイサヨイサヨイサに、ヨイサヨイサ」

　と一せいに綱を引き、このヨイサヨイサに、材木のぎくしゃくした動きが、綱を痙攣《けいれん》させせながら、伝わってくる。

　いよいよ第一の御柱の姿が見えると、見物人たちは歓呼の声をあげる。その上には遊動円木に乗った子供たちのように、六、七十人に及ぶ元気な若者たちが、材木の不細工な動きに足をあわせながら、ぎっしりと立っているが、一人一人を目で追っても、修一の姿はなかった。

　しかし美代はそれについて何も言わず、黙って、少し怖そうに、女房の背に半ば身を隠して、巨大な材木の、まだ息のある巨鯨のような獰猛《どうもう》な動きを見つめていた。その無表情な澄んだ目のなかに、俺は、モダンなカメラ工場の衣裳《いしょう》をはぎとった、内気な思いつめた田舎の少女の心を見た。

……………………。

御柱のクライマックスは、いよいよ神社の境内の外辺の、高い崖の上にそれが到着したとき、急な勾配《こうばい》を、境内の中心めがけてその材木をずり落す、いわゆる「坂落し」の行事である。そのための、杉林の中に、土をあらわしてしつらえられた急坂を「蹴落《けおと》し場」と呼んでいる。これを見るには、周辺の杉林の崖の中腹で、人に押されながら見るのが一番で、それをよく知っている俺は、女二人に楽な道をなるたけ選ばせて、迂回《うかい》して、群衆の裏をかいて、うまくこの特等席にもぐり込んだ。

そこから下を見下ろすと、境内は黒山の人で、御柱の落ちるべき半円のまわりに、ぎっしりと詰った群衆は、一せいにこちらの坂を見上げている。石灯籠《どうろう》にも数人の人がぶらさがり、どこもかしこも、足場になりそうなところには、みんな人間がしがみついている。そして境内の荘厳な杉木立の間からは、紫の幔幕《まんまく》をめぐらした、拝殿の青さびた屋根がのぞかれる。そのかなたに、デルタ・カメラの、有名な、白地に青四本赤一本の横線をめぐらした大煙突が、ちらと見えるのも、御愛嬌《あいきょう》というべきだ。

クライマックスというものは、いずれにせよ、人をさんざんじらせ、待たせるものだ。

第一の御柱は崖のすぐ上辺まで来ているのに、ゆっくり一服していて、なかなか「坂落し」ははじまらなかった。

ついに甲高い木遣の音頭が、杉木立のあちこちに反響してきこえてきた。

「はじまるよ」

「もうすぐだよ」

と見物人たちはささやき合っている。見上げると、赤土の露出した勾配が、今さらながら急で、怖ろしいものに思われる。

たるんでいた引綱が、ぴんと張って、崖の下までつづく引き手の人数が、

「エンヤコーラ」

と肩に一せいに力を入れた。

轟きが起り、目の前に小石や土の小さい雪崩《なだれ》が走った。

第一の御柱は、ズズズズッと土を蹴《け》立《た》てて、俺たちの立っている場所の、すぐ上まで辷《すべ》り落ちて来ていた。叫び声は、見物からも、材木にまたがっている若者たちからも同時に起った。

「あ、お父さん、見てごらんなさいよ」

と女房がとんでもない大声を立てた。

御柱にまたがっている若者たちの中に、一人勇敢なのがいて、中腰で立ったまま、材木の滑走に耐えていたのである。御柱が岩の根にはばまれて、ガクンと止ったとき、彼の体は一寸《ちよつと》動揺したが、そのまま微笑をうかべて、姿勢を持ち直した。

それは紛《まが》う方ない修一だった。粗末な黒いズボンの上に、派手な空いろの法被《はっぴ》を羽織り、その胸もとにはまっ白なシャツを見せて、頭には鉢巻をしている姿は、ほかの若者とは変りがないが、その微笑に少しも傲《おご》った影がなく、すこやかで、すずしげなところは、全く見事なものである。

俺は思わず美代の表情を検《けみ》したが、一瞬前《さき》にそれに気づいた美代は、そしらぬ顔をして横を向いていた。

俺は女房と目を見交わした。

女房はニコリとし、俺も仕方がなしにニコリとした。妙なことだが、われわれ夫婦がこんなに気持が通じ合ったのは、ずいぶん久しぶりのことのようである。

そのうちに、又、不吉にもきこえる、いわば凶鳥《まがどり》の叫びのような、木遣の第一声が御柱から起った。

見物たちは動揺し、美代は、今度は俺の観察を避けようともせず、一心に御柱の上の修一の立姿を見つめながら、自分の着物の矢絣の胸に指をやった。

『この少女は祈っているな』

と俺は確信を以《もっ》て、考えた。

『きっとこう思っているにちがいない。ああ、あんなに勇敢ぶって、御柱の上に立ったりしているのが気がもめる。他の人のように、またがっていてくれれば、まだ助かるのに。今度こそは危ない滑走なのに。あの人はヤケになっているのじゃないかしら。こんなに私を心配で苦しめて……』

引綱はまたピンと緊張した。

修一は前の若者の肩に手をあてて、中腰のまま、御柱が動きだすのを待っていた。又、木遣の声。

「エンヤコーラ」

という音頭が、境内の広庭いちめんにひろがった。一瞬前まで、御柱の動きは予測がつかなかった。それは頑固に動きをやめたように見えながら、突然、奔馬のように走り出すのであった。

綱がもうこれ以上延び切らないと思われたとき、急にその太綱が大きくはね上った。目の前の疾風のような動きは、土砂を舞い上げて来るので、定かにみとめられなかった。

御柱はおそろしい勢いで、急坂をまっしぐらに落下した。柱は途中で急に、ぐらりと身をくねらせたように見えた。そのとき、今まで立っていた修一の姿は見えなくなった。

「あっ！」

と美代が叫ぶのを俺はきいた。

——しかし俺の主人公が死ぬわけはない。やがて砂塵《さじん》が晴れると共に、一度ころがり落ちて坂を数米《メートル》辷り落ちた修一が、立上って、空いろの法被を泥に染めながら、すでに下り口ちかい杉の根本に、微笑している姿を、俺たちは眺めた。

御柱はすでに境内の中央に落下していた。

第六章

一

祭のあとも修一と美代は、以前のような幸福に戻ることはできなかった。二人の心の中で何かが翼を折って、死んでしまっていた。

美代はあの蹴落《けおと》し場で、むしろ修一が大怪我をしていてくれたら、などと不吉なことを考えることがあった。そうしたら、おそらく美代の心は何の嘘もかくしもなく、彼の心の中へ飛び込むことができただろう。何もかも放り出して、美代は修一を看取って、何日眠らなくても平気だろう。病院のベッドの上で、二人は何もかも忘れて抱き合うだろう。……

妙なことだ。あんなに御柱《おんばしら》の上の修一の危険な身を気づかった同じ美代が、元気で泥だらけになって立上った彼の姿を見たとたんに、深い安心と共に何かが終って、心が冷えてしまったのである。彼女は大島夫妻をそっけなく促して、その場を去り、まだ明るい街なかで別れて、ガランとした寮の部屋へ戻って来てしまった。別れるときの大島夫妻の呆《あき》れ顔がまだ目に残っていた。だんだん暮れかかる部屋に一人っきりになると、美代の胸はスッとした。

カレンダーや時間表を唐紙に貼りつけたガランとした部屋は、三人で十畳という広さで、一人一人の机の上には、ワンピースを着た大きなキューピーが飾ってあったり、一輪差に野の花が活《い》けてあったり、飴《あめ》の缶が置いてあったり、そして、部屋の一人がやたらにふりまく安香水の匂いにもめげず、若い健康な女の体から発散するむせるような匂いがこもっている。

美代は今夜、そんな女の匂いがひどく動物的に思えて、いやだった。窓をあけて、暗い木立のむこうの町を薄暮の空の下に眺めた。昼間は暑いほどだったのに、夕風は身にしみて、彼女は着馴《な》れぬ着物の襟元をあわせた。

町の空に、急に提灯《ちょうちん》のつらなりが灯をともした。風に揺れて、提灯の灯は波のようにに木の間にうごいた。太鼓や笛の音が断続的にひびき、長持の木遣《きやり》の声まで、鋭く夕闇をつんざいてきた。

『私はこれで、仕合せなんだわ』と美代は静かな気持で突発的にそんなことを思った。すると本当にこのままで仕合せのような気がしてきた。『一人ぽっちがいちばんいいわ。結婚なんかしたってはじまらない。恋愛なんてうるさいだけだし、……そうだわ、一人でいるのが、一等自然な幸福の姿なんだわ』

二

修一も、一日のどの時間、どの分、どの秒のあいだも、美代のことを、心のどこかで考えていた。ふつうの生活を送っている自分の外に、もう一人、二六時中美代のことを考えている自分がいるように思われた。しかしそれは恋しいというのではなく、好もしいというのでさえなく、ただ考えているだけだった。そしてそんな気持が急に強くなると、心が刺されるように痛んだが、五六分も我慢していれば、それも治った。『だんだん痛みの間隔が遠くなるだろう。そうすればそれも完全に消えてしまうだろう』と彼は思った。が、それはまだ遠のきそうになかった。

彼は子供のころ母親の着せてくれた新らしい絣《かすり》の着物に、母が一本の縫針を忘れたまま学校へ出してくれたことを思い出した。授業中も背中のどこかしらが痛痒《いたがゆ》くて、背中を掻《か》いてみても、痛みの所在がわからず、又別のところがチクリと刺された。その日は一日不安な気持だった。帰ってから母に言うと、あわてて母が着物をまさぐって、とうとう一本の針を見つけて息子にあやまった。

『あれと同じだ。いつか針がみつかるだろう』

今度も針を、忘れたのか、故意にか、縫い込んだのは明らかに母親だったが、彼女は息子の痛みにはそしらぬ顔をしていた。今度は母は、いつまでも針をそのままにしておくだろうと思われた。

『つまらない女だ。何で僕はあんな女に夢中になったものだろう。デルタ・カメラが何だ』

彼は湖の向うに夢みた自分の夢が、こんな汚れた目ざめを迎えたのを悲しんだが、おかげで自分が大人になったと思って自ら慰めた。

『もう僕は夢なんか見る年頃じゃない』

と彼は自分に向って揚言した。

——そうは言っても、時折、彼は自分が男らしくない態度をとっているような、へんな反省に見舞われることもあった。実際二人はどんな直接の喧嘩《けんか》をして別れたわけでもないのに、世間の目(大島氏のいわゆるマスコミの目)におびやかされてちぢこまっているあいだに、いろんな悪い噂を吹き込まれて、それを信じてしまったのである。

実は、利口な母親の配慮で、第三者の口からやんわり美代の噂が告げられたとき、修一を打ちのめしたのは、美代に男がいるという不確かな告げ口よりも、美代が、

「あんな貧乏漁師なんかと、本気で恋愛なんかしていやしないわ」

と言ったという、さりげない言葉の伝達であった。

これはもちろんしろがね荘の婆さんの作り事だったが、主人公の性格の核心に毒矢を射当てた点では、この婆さんのほうが大島十之助より、よっぽど才能ある小説家だったと言えそうである。

これをきいた瞬間に、修一の心には、怒りよりも先に、古くからの劣等感がムクムクと頭をもたげたのである。こんな劣等感は、もともと、デルタ・カメラの女事務員をお姫様と考える空想同様に、誇張された不合理なものだったが、彼の恋はそもそもそこからはじまったのだから仕方がない。恋の喜びに酔って、しばらくはその劣等感も全く癒《い》やされたように感じていただけに、却《かえ》ってその反動は強かった。

一方、世間の見る目というものに対して、修一も美代も、意外に脆《もろ》く砕けるという田舎風な性格を自分の中に発見していた。たとえその目が、半ばは好意に充《み》ちたものであろうとも。

こんな修一が友達らしい友達を持たなかったことは二重の不幸であった。素朴な外見にも似ず、傷つきやすい心を持った彼は、新聞に出たときから、一そう友達を避けるようになった。

こんなとき、気を紛らせに、東京へでも遊びに行くことができたらどんなによかろう。週刊誌に出ているような都会の暗黒街に身を投じて、好き勝手な人生をはじめることができたら痛快だろうが、そこまで行かなくても、一晩どまりでブラブラ遊んで来るだけでも、どんなに気晴らしになるだろう。もちろんそのために稼げば、それくらいの小遣は何とか出ないことはなかったけれど、引込思案の彼には、とてもそれだけの度胸もなかった。彼はますます自分と、土曜毎に見ていた活劇映画のイキな主人公との距離を感じるばかりであった。

仕方なしに彼は或《あ》る週末、一人で遊覧船に乗った。

まことにうららかな日で、諏訪《すわ》には観光客があふれていた。東京の新婚夫婦らしいのや、若い恋人同士らしいのが、しきりと修一の目についた。もとはそれほど目につくわけでもなかったのに、彼は今や自分を除外して、全世界が恋の幸福に酔いしれているように見えた。

船にはすでに女学生の紺のセーラー服の団体や、大分酒のまわった田舎の湯治客などが、甲板いっぱいに乗り組んで出帆を待っていた。貸しスケート屋のおやじが、夏場はボート屋になっていて、修一に声をかけた。

「おや、修一君じゃないか。そんなつまらん船に土地の者が乗るもんじゃない。ボートに乗りなさい、ボートに」

と怒鳴ったので、遊覧船のガイドはそのほうを睨《にら》み、湯治客はこれをききつけて笑った。修一は聴き流して乗船したが、ボート屋のおやじがあの事件以来ずっと彼を笑っているような気がして身がすくんだ。

湖上は初夏のさわやかな微風にあふれ、船のスピーカアは出帆前から干《ひ》われた音で流行歌を流していた。

しかし、トランジスター・ラヂオに夢中の湯治客たちは、

「三振だナ、これも」

「いいさ、きのうの逆転なんか大したもんだもの」

「あ、又打たれた」

定員百八十名と大きく書かれた船腹に真近く、ピンクのスウェータアとベージュのスウェータアの娘が漕《こ》いでいるボートが横切った。

一人の酔っぱらいは、そのボートに向って、

「おい、スケさん。危ねえよ。気をつけて。スケさんなんて言ったら、又喜んじゃって、スケさんたら女のこったよ。女が言われて何嬉《うれ》しいだ。カクさんって言われたらどうする。喜ばんだろ」

などと叫んで船客を笑わせていた。さっきから片隅にじっと身を寄せ合っていたモダンな若い男女も、思わず口もとを綻《ほころ》ばせた。

遊覧船は大形に銅鑼《どら》を鳴らして、湖面を辷《すべ》り出した。修一は考えてみると、この船に乗るのは、中学のとき先生に引率されて乗って以来のことで、それ以後はいつも船から眺められる立場に立って、すっかり眺めることを忘れてしまっていたのに

気づいた。

彼はデルタ・カメラの方角をつとめて見ないようにしながら、どうしても目がそちらへ行くのに逆らうことができなかった。

赤いモータア・ボートが、下諏訪方面の花梨《かりん》の林の前を疾走してゆく。赤や青の湖畔のバンガローが、夏にそなえてペンキの塗り替えをしたと見えて、鮮やかに目につく。下社《しもしや》を包む森の緑のずっと右方に、鉄橋の上を渡ってゆく列車が見える。そして、デルタ・カメラの棟々は、白いカルタの札を規則正しく並べたように、その緑の中にくっきり浮んでいた。

修一のとなりの新婚夫婦らしいのが、スピーカアの説明に耳を傾けながら、こう言っていた。

「あれがデルタ・カメラの工場ですって」

「これだよ」

と男が自分のカメラを女に示した。

「あら、これがそうだったの」

と丸顔の、少し目尻《めじり》が下っている女は、歯切れのいい東京弁で朗らかに言った。

「呑気《のんき》だな。さんざん今まで撮ってたのに」

修一はこれをきいたとき、都会の大きな渦の中に、デルタ・カメラが一つの小さな日用品として鏤《ちりば》められている、その途方もない巨大な展望を見るような気がした。その中では自分と美代の恋も、ファインダーが結ぶ小さな像のように、とるに足らない微小な出来事だったのかもしれない。

するど、彼には、諏訪新聞や、世間の噂や、自分の不幸や、そんなものが急に小さく見えた。あれほど全世界と同じ重さに見えていた恋も、何だか急に自分から遠ざかって、遠い湖畔の村の火の見櫓《やぐら》みたいな、燐寸《マッチ》棒ほどの小ささに見えだした。

何かから自分は治ったのだ、と修一は思った。

塩尻《しおじり》峠の向うに、ほんのりと山の幽霊のように、白い北アルプス連峯《れんぽう》が浮んでいた。

三

修一の母は喜んでいた。修一がすっかり昔に戻って、いや昔にもまして、孤独なまじめな青年になって、よく働らき、よく眠り、規則正しい生活をするようになったからである。母親は、息子の昼飯の弁当だけで十分息子を幸福にしてやれると信じていたので、毎朝腕によりをかけて、おいしい弁当を作ってやった。

「今日はハムだよ。それに玉子焼だよ。豪勢だろ」

と彼女は言った。そんなときに息子が微笑すると、それで彼女は、十分息子の幸福をたしかめた気になった。

しかし修一の平穏そうでその実うつろな目つきに、早く気づいたのは祖父だった。梅雨どきのある朝、祖父はめずらしく修一と同じ舟で漁に行こうと言いだした。修一がレインコートを買ってあげるといつも言うのに、祖父は雨のときは、広重の版画の人物のように、菅笠《すげがさ》と蓑《みの》を着て出かけた。そのほうが働らきいいというのである。

産卵期の春からこのころにかけては、湖は漁の最盛期だった。老いも若きも、この時とばかり働らいた。祖父は大ていい隣家の老人と二人で組んで、竹高かきよめの張り網に従事し、若い修一は一人で投網をやったが、豊漁のときは一網で十五貫もの漁獲のある時があった。

「おじいさん、投網はムリだろ」

「バカにするな。これでもお前より年期で勝てるさ。投網は馬鹿力で投げるだけのもんじゃない」

「俺だって年期が入ってるよ」

「おじいさんの言うとおりになさい」

と母親が言った。

祖父と修一は、雨のそぼ降る中を一艘《そう》の小舟で出かけた。そこかしこから舟が出て、朝の挨拶《あいさつ》を交わした。

産卵期の魚たちは、湖底の水草のしげみや、朽木《くちき》の堆積《たいせき》の中に卵を生むが、ここへそのまま網を打てば、網は破けてしまう。ここから魚を追い出しておいて、打つのがこの漁のコツである。

「ホイ、ホイ」

祖父は竿《さお》で魚の群れるあたりをかきまわし、梟《ふくろう》のような声を立て、その声は雨の湖上でふしぎな慄《ふる》えを帯びて伝わった。やがて修一が折を見て、銀いろの投網を雨の中へサッと打つ。一瞬、孔雀《くじやく》の尾のように空中にひろがった網が、銀の雨滴をはじく。……

一しきり働らいたあと、祖父は、

「一休みしよう。そろそろ」

「まだ早いよ、おじいさん」

「ええよ、ええよ、そんなにムリして働らくことはねえ」

二人は周囲の視界のきかない小舟の上で揺られながら、体を休めた。

「おじいさん、トランジスター・ラヂオを買ってあげようか。舟の上でもきけるぞ」

と修一が言った。

「ええよ、ええよ、そんな高価《たか》いもの。第一舟の上じゃ仕事の邪魔だ」

「何だ。しょっちゅう一休みしているくせに」

「まあ、そんなことより、少しでも貯金をして、結婚資金を貯めたらええ。お前もそのうち身を固めなけりゃならんから」

この一言で、修一は黙ってしまった。祖父はしばらく孫の顔を眺めていたが、それはあたかも、何十年前の自分の顔をそこに見出して、懐しげにそれに見入っているという風だった。

「こりゃおじいさんの経験だがな。女というものはな、頭から信じてしまうか、頭から疑ってかかるか、どっちかしかないものだな。どっちつかずだと、こっちが悩んで往生する。漁も同じだ。『今日はとれるかな、とれないかな』……これではいかん。必ず大漁と思って出ると大漁、からきしダメだろうと思って出ると大漁、全くヘンなものだ。こっちが中途半端な気持だと、向うも中途半端になるものらしい。全くヘンなものだ」

修一はハッと目をあげたが、雨にしとどに濡《ぬ》れた蓑と笠の下で笑っている祖父の顔が、湖の雨の中で、何かふしぎな精霊のような気がして、怖れに搏《う》たれて、黙ってしまった。

四

美代は、修一に会わなくなって以来、又もとどおりの温い友情を示しはじめた増田さんと成瀬さんと一緒に、或《あ》る週末、思い切って、東京へ遊びに出かけた。美代にはちっとも興味がなかったが、今人気絶頂の流行歌手のショウが、東京の大劇場でひらかれているのを、どうしても見に行きたいという二人に誘われて出かけたのである。

久々の東京行だというのに、むしあつい梅雨の週末で、三人とも折角自分で仕立てた洋服がレインコートに包まれて、人に見せられないのを残念がった。

「東京のBGって、とっても性的に放縦なんだって、いろんな雑誌に書いてあるけど、本当かしら」と小柄な成瀬さんが、汽車の中でひそひそ声で話すのは、そのことばかりだった。「私、噂ほどのことはないんじゃないかと思うわ。みんなジャーナリストが面白がって書くだけなんじゃない？」

「そうかしら」と大柄な増田さんは面倒くさそうに言った。「東京だって田舎だっておんなじよ。もてる人はもてるし、もてない人はもてないんだわ。私そんなこと気にしないわ」

「気にしない、と言ったって、東京の男たちは、こっちをそんなつもりで見ているんだから、注意したほうがいいに決ってるわよ。本当に女三人で歩いてれば、すぐ、相手がほしいんだろうって、誤解される危険があるんだってよ。東京では」

こんなことを言ってるのは、増田さんも成瀬さんも、東京に期待をかけている証拠に他ならなかった。東京が近づくと、二人の浮き浮きした様子は、ほかの乗客の目にも明らかになったが、美代一人はどうしても心が引き立たなかった。

新宿駅の雨の雑沓《ざっとう》の中へ出て、三人はまずフルーツ・パーラアでお茶を呑《の》み、それから都心の劇場へ出かける手順を立てていた。駅を一歩出ると、成瀬さんも増田さんも、パステル・カラーの傘を傾けて、歩き方からして変ってしまった。生れながらの東京の人間に見せかけたい一心で。

一体どこがちがっているというのだろう。顔つきも、洋服も、髪の形も、アクセサリーも、一番問題の言葉づかいでさえデルタ・カメラにいれば完璧《かんぺき》な標準語だし、……何一つ東京人とちがわないどころか、そこらの野暮な娘より、ずっとこっちのほうが東京風に見える筈《はず》だのに、……ただ一つちがうところは、彼女たちの心にひそんでいる「東京」という意識だった。生れつきの東京ッ子は、ほとんど自分たちが東京ッ子だということを意識しないで暮して行けるのである。

熱帯植物を壁いっぱいに飾ったフルーツ・パーラアに入ると、中は冷房がよく利いていて、色とりどりのプラスチックの椅子が、ガラスの円テーブルを囲んでいた。

「何飲む？」

とメニューを弄《もてあそ》びながら、成瀬さんが二人にきいた。あんまりはしゃいでも田舎くさいし、もちろんおずおずした態度は以《もっ》ての外だし、かねて考えていたように、成瀬さんは都会人らしい、どうでもよさそうな、だるそうな口調できいたのである。

「私、フルーツ・パフェ」

「私、グレープ・ジュースがいいわ」

と美代が言った。

成瀬さんと増田さんはまわりの女たちの服装を、いろいろと手きびしく批評していたが、さすがに美代をいたわって、修一の話は禁句にしていた。そのうち増田さんが少し上ずった声で、美代をつついて言った。

「ねえ、あの噴水のそばの三人づれの男、さっきから、しきりにこっちを見て噂してるんじゃない？　まんなかの背の高い、ちょっとイカしてるの、絶対に五尺九寸ぐらいあるわ」

「へえ」

と成瀬さんは一心に耳を傾けながら、無関心を装った。

三人の諏訪の娘が、劇場のショウのはじまる時刻が近づいたので、席を立って、レジスターで出し合いのこまかい小銭の計算をやっていると、いつのまにか、三人づれの青年も勘定書を持ってうしろに立っていた。美代はなるたけそちらを見ないようにしていたが、成瀬さんはあんまり急いで逃げようとして、ハンドバッグを床に落し、うしろにきこえもしない嘲笑《ちようしよう》をきいたように錯覚して、あわてて先に立って階段を駈《か》け下りて行った。

美代と増田さんがゆっくり階段を下りて成瀬さんに追いつくと、パーラーの出口のところで、ごく自然に、三人の青年に追いつかれた。美代は内心、彼らの実に自然に見せかけたタイミングのよさに舌を捲《ま》いた。

「お嬢さんたちもお暇なんでしょう。附合っていただけませんか」

と背の高い一人が丁寧に言った。そのお嬢さんという呼びかけで成瀬さんと増田さんの体が急にほぐれた具合が、美代にはわかって残念であった。しかし二人が立止ったので、美代も立止らぬわけには行かず、はじめて三人連れを観察する余裕を持った。

三人とも、流行の半袖《はんそで》シャツを着て、タイツのようなぴったりしたズボンを穿《は》いて、どこから見ても、金持息子らしい坊ちゃん然とした風采《ふうさい》だったが、諏訪にだって、坊ちゃんまがいの不良はいっぱいいるのだった。三人とも胸に小さい銀いろのペンダントをちらつかせていた。

三人娘のうじうじしている様子が、急速に彼らに自信を持たせたらしく、

「いいでしょう。一緒にブラブラしませんか」

美代は自分でもおどろくほどハッキリした口調で、背の高い男の眼を見据えてこう言っていた。

「だめなんですの。私たちこれから行くところがありますから」

男たちはひるまなかった。一等小男の、ややひょうきんな顔をしたのが、

「用事があるんだったら、すませてから又ここで会いましょうよ。どのくらいかかるんですか」

「ねえ、三時間ぐらいだわね」

と増田さんが言ってしまった。

「じゃあ、五時半には又ここへ来られますね」

「五時半なら大丈夫だわね」

と思いがけず、成瀬さんも口を出した。しかしその間三人の目はちらちらと美代にまで注がれていて、

「あなたも御一緒でしょう。五時半には大丈夫ですね」

と不器用な念の押し方をした。

「さあ、わかりませんわ」

と美代は肩で硝子《ガラス》のドアを押して、その勢いで傘をサッとひらくと、その傘のかげに身を隠すようにして、どんどん雑沓の中へ歩き出した。

やっと追いついた増田さんと成瀬さんが、

「スリルだったわね」

「ああやって気を持たせたほうが面白いのよ。どうせ私たちだって五時半にここへ戻って来やしないんだから」

それをきいた美代は、『そうかしら？』と心の中で思った。どうやら二人は、又ここへ戻って来そうだった。そういう美代の疑いを敏感に察したらしく、成瀬さんは人ごみの中で、美代の耳もとで、一寸《ちょつと》責めるように、

「美代ちゃん、おかしいわ、あんなにツンケンして。却って固くなったみたいよ」

「そうかしら」

そのとき鈍感な増田さんが、つい禁句を言ってしまった。

「あんた、失恋してから、このごろ少し八ツ当りじゃない？」

美代は、そのとき漠然と頭の中で、軽薄な、しかし身なりだけ洗練された都会の青年の三人組と、修一とをしらずしらず比べていた。修一のほうがずっと野暮で泥くさかったが、目は美しく澄んでいた。彼女が三人組を頭から嫌悪したのも、口惜しいことながら、修一の記憶があったせいにちがいない。……

そう思った瞬間に、グサリと増田さんの言葉で刺されて、美代はとたんに、今日の休日をこの二人と一緒にすごすことが我慢ならなくなった。美代はさっき下りた駅のほうへ駈け出した。

「どこへ行くの？　地下鉄の入口はそっちじゃないわ」

とうしろで成瀬さんが叫んでいた。

「いいの。私、一人で先に帰るわ」

と美代は息をはずませて、切符売場の前で、断乎《だんこ》として二人の友に言った。

五

——やがて梅雨も明け、湖畔に避暑客のむらがる季節になった。

美代はＩＢＭ室でもすっかり孤独になって、今までと人のちがったように無口な娘になってしまった。課長などは心配して、いろいろと美代をいたわり、お叱言《こごと》も減り、わけても修一の話はタブーにしていてくれるのが、却って美代を傷つけた。

夏の最初の休日に、美代は一人で寮にとじこもっているよりは、一人で美しい山の景色を眺めて気晴らしをしたいという気になった。サンドウィッチを自分で作り、水筒にお茶を入れている姿を、同室の二人は怪訝《けげん》そうに見戍《みまも》っていた。しかし、

「あら、おデイト?」

などと気軽に言い出せない重い空気があって、それは重い空気を発散している美代自身にもひしひしとわかるので、一刻も早くここを逃げ出したい気になるのだった。

美代は一人ポツネンと、霧ヶ峰ゆきのバスを待った。やがて、ハイカーたちでかなり混んだバスが、ゆらゆらと目の前に止り、美代はそれに乗り込んだ。

そのときバスと入れちがいに、一台のオート三輪が走って来た。助手台に乗っているのは、アルネの奥さんで、このごろは緑屋で仕入れるコーヒーと交換条件で、緑屋のオート三輪を自由自在に乗り廻《まわ》すクセがついてしまったのである。緑屋ではこの一の得意の我儘《わがまま》に困っていたが、遠路を行くときはちゃんとガソリン代を払ってくれるので文句も言えなかった。それに競争店が出来て以来、緑屋はお得意を失うことを大いに怖れていた。アルネの奥さん、十之助夫人は、かくて百パーセント機動力を発揮できることになった。

この日も下諏訪に用事があって、緑屋の小僧の運転で、オート三輪をタクシーの半値で乗りまわしていた奥さんは、バスに一人で乗り込んだのが、たしかに美代だと見極めると、すばらしいインスピレーションが頭にひらめくままに、

「小僧さん、あと一時間ほど車借りるわよ。私の行けというところへ行って頂戴《ちょうだい》。

店へはあとで断っておくから。あんたにも心附けをはずむわよ。いいでしょ」

「はあ」と小僧は嬉《うれ》しそうに答えた。

「じゃあ、まず小野崎村へ飛ばして頂戴」

「はあ」

——その日は漁協も休みで、修一もどこへ行く当てもなく家でブラブラしていた。そこへいきなり大島夫人の来訪におどろかされた。

「まあ、まあ、奥さん」

修一の母は例の事件以来、大島夫人に好意を持っていなかったが、修一の仕事に大切な人の奥さんである以上、愛想よくしなければならなかった。

「あの、修一さんいらっしゃいます？」

「おりますけど……」

「実は宅の主人が只今《ただいま》病気で倒れまして、何か大袈裟《おおげさ》なんですけど、修一さんに遺言を言いたいとか騒いでいるもんですから……」

「おやまあ、それは」

「看病かたがた来ていただくとありがたいんですけど、夜まで修一さんをお借りできますでしょうか？　主人は修一さんを一番信頼しているもんですから」

「ええ、ええ、そりゃあもう、いつもお世話になってばかりいるんで、こんな時こそ……修一！　修一！　相沢さんが御病気だと」

裸でいた修一があわてててシャツを引っかけて飛び出してきた。

「早く！　早く！」

オート三輪の運転席に、三人掛けはずいぶん窮屈だったが、奥さんは首尾よく修一を引張り出すと、運転手を叱咤《しった》した。

「早く！　もっとスピードを出して」

「早くって、どこへですか、奥さん」

「さっき下諏訪ですれちがったバスを追いかけるのよ。バスはのろのろしてるから、飛ばせばまだ間に合うわ。さア、あれから二十分も経っちゃいない」

「先生の容態はどうなんですか」

「そんなことどうでもいいのよ」

「どうでもいいって？」

奥さんは嵐の如く猛《たけ》って、修一の言葉などまるで耳に入れていなかった。

「いいじゃないの、あんな人、死んだって生きたって」

第七章

一

緑屋の小僧が運転するオート三輪を、奔馬に鞭打《むち》つごとく走らせる大島十之助夫人の心境は、悲壮にして、かつ、責任感旺盛《おうせい》なるものがあった。

夫人は亭主の小説家としての変な不合理な特権意識がたまらなくイヤで、そのために犠牲にされた形の若い二人を、何とか自分の手で救い出さなくては、人間の道に背く、とまで思い詰めていた。

『あの人は本当に悪魔にとりつかれている、としか言いようがないわ』と奥さんは考えていた。『小説のために、それもあんな下手クソな三文小説のために、将来ある若い人をモルモット扱いにするなんてことを、神様がお許しになると思っているのかしら？　第一、ちゃんとした小説家なら、頭の中に豊富な空想力を持ってる筈《はず》で、生きた人間を実験台にするなんて、アイヒマンみたいなことを考え出すわけがない。それでも、結果さえよければ、それも何とか許せる。小説のために悲しい場面がほしいからって、何の罪もない二人を不幸にして、小説なら、そのあとで急転直下ハッピー・エンドということもあるけれど、現実は思いのままになる筈がないから、そのまま二人が一生不幸で終るということもありうる。それを平気で、懐ろ手で、ニヤニヤ笑いながら観察してるなんて、あの人はもう絶対に、悪魔にとりつかれたとしか思えない。きっと今に天罰が下って、少くとも、胃潰瘍《いかいよう》ぐらいにはなるだろう。そうしたら決して看病なんかしてやらないから。

何とか、こうなったら、私の手でつぐないをつけなければ……』

こういう心境で、フル・スピードのオート三輪の動揺に身を委《ゆだ》ね、心は矢猛《やたけ》と走《はや》っているのだから、人の言葉なんか耳に入る筈がない。

「先生の容態はどうなんですか」

と、思わしい返事が得られぬまま、修一は更に同じ質問をしたが、今度は返事がなかった。するうちに、オート三輪は、どんどん上諏訪《かみすわ》の町をあとにして疾走してゆくので、修一は不安にかられて、もう一度、

「先生の容態は……」

とききかけて、いきなり奥さんのカミナリを浴びせられた。

「お人好《ひとよ》し！　いつまであんな悪魔にだまされてるの？　あんな悪魔は生きても死んでもよろし。第一、今ごろは机にもたれて、小説を書きあぐねて、鼻から提灯《ちょうちん》か

なんか出して、昼寝をしているわ」

「じゃ、先生は病気じゃないんですか」

「そんなことはどうでもいいって言ったでしょ！　あなたは黙って私の言うようにしていればいいの」

これでは取りつく島もなく、修一は天井に頭をぶつけないように用心しいしい、沈黙をつづける他はなかった。緑屋の小僧は、心附けをあてにして、陽気にすっ飛ばし、やがて山道にかかって、舗装もないドライヴ・ウエイへ同じスピードのまま突っ込んだので、

「あ痛！」

と、とうとう奥さんは頭をぶつけて悲鳴をあげたが、決してスピードをゆるめろとは言わなかった。

車が立石村のあたりへ来ると、ここらを人目を忍んで美代と散歩したことを思い出した修一の胸は痛んだ。あのころはすでに二人の心は、前のような幸福感には充《み》たされていなかった。あのときも藪《やぶ》からおどり出した悪童たちに、

「やアイ、アベック・スケータア」

とからかわれて身がすくんだものだ。

立石の展望台からは、諏訪の湖が一望の下に眺められるが、狂奔するオート三輪

は、湖の眺めを、硝子《ガラス》をぶちこわしたように三角や四角に寸断して、あっという間もなくそこを通り越し、小石をはねられた若いハイカーたちの罵声《ばせい》を浴びた。

しかし沿道の樅《もみ》の林の青さは限りがなく、滝のように蟬《せみ》の声が頭上からふりかかった。あんなに春の訪れの遅かったこのあたりも、一旦《いったん》春が来ると、五月、六月、七月と、雪崩《なだれ》のように夏が押し寄せていた。むんむんするような緑の大群衆に山が占められていた。

渓谷のむこうの迂《う》路《ろ》の木の間がくれにちらとバスの姿がはじめて見えた。

「あれよ！　あれを追跡！」

と奥さんが司令官のように叫んだので、修一はあっけにとられた。

二

オート三輪は間もなくバスに追いついたが、奥さんの指示で、バスのうしろにぴったりくっついて行くように命じられた。そうすれば向うからは、却《かえ》ってこっちが見えにくいというのである。そこでオート三輪の速度は俄《にわ》かに落ちて、修一もどうやら奥さんとゆっくり話のできる態勢になった。

「一体あのバスをどうして追跡するんですか」

と、まだ少しも疑ってない修一がのどかに訊《き》いた。彼も好奇心のとりこにはなっていたが、まさか美代が乗っていようとは思わなかったのである。

「黙っていうとおりにすればいい、ってさっき言ったでしょ」

と奥さんはあいかわらず怒ったように答えたが、ここまで来ると、どうやって修一を納得させたものか、さすが強引な奥さんも、内心自信がなくなっていた。何でも行動してからあとで考える自分の性質を、何事も計画的な良人《おっと》と対照して、美しい純粋な性格だと自讃《じさん》している奥さんだったが、これから先は、天に委《まか》せる他はなく、前以て冗々《くだくだ》しい説明をすればするほど、修一を逡巡《しゅんじゅん》させるだろうことも予想された。

バスは大きな図体を無器用にゆらめかせて、せまい坂道を、しんねりむっつりと登って行った。その排気ガスの匂いに閉口して、奥さんはハンカチを鼻にあてながら、修一に気づかれぬように用心しいしい、バスの高い窓の中の美代の姿を探した。さっきバスの停留所で見たところでは、美代はかなり目立つ赤いスカーフで髪をおおっていた。奥さんは、美代の下げていた鞄《かばん》や水筒の様子から、決して彼女が、霧ヶ峰まで行かずに降りることはあるまいと見当をつけていたが、それも一つの心配なら、万が一、バスの中でボオイ・フレンドとこっそり待ち合せていたりしたら、奥さんの計画は水泡に帰するのである。

奥さんは、ときどき首を助手台からサボテンのようにつき出して、前のバスの窓をうかがったが、一つの窓にときどき、焔《ほのお》のようなものがひらめくのは、たしかに女の子が髪を包んだスカーフだった。しかしそれは、沿道の林の反映のために、どうしても赤には見えず、燃え立つ緑のひらめきだけを目に宿した。やがてその窓が暗い影の中を通った。するとスカーフははっきり赤になった。『たしかに美代だ』と奥さんは思った。

——賽《さい》の河原というところへ来たころから、湧き起る雲のために、視界は俄かにせまくなった。今、まばゆい光りにかがやいていた四辺が、たちまち雲の中へ入って、白い乳いろにおぼろになった。

バスはゆるゆると道を登り切り、高原地帯を走りだした。もう終点は近かった。

初心者用のゲレンデとリフトを前に、ガランとした広場があって、それを二三軒のスキー宿が取り巻いているというのが、霧ヶ峰の夏の風景だが、雪がないと妙に間が抜けてみえる。一面の夏草のそよぎも、その駐車場に使われている殺風景な広場を飾る由がないのだ。

バスはゆるゆると迂回《うかい》して、スキー宿の一軒の前に止った。派手な服装のハイカーたちが下りてきて、三々五々散らばって、ゲレンデの緑の斜面をゆっくりと登りだした。その中に、群から離れて、美代の赤いスカーフを見出した奥さんは、ほっとして、修一の肩を強く叩《たた》いた。

「ごらんなさい、あれは誰？」

「あっ！」

修一はせまい助手席で、奥さんと運転手にはさまれながら、体いっぱいでもがいて、逃げ出そうとする態度を示した。本能的に逃げ出したくなったのである。

奥さんは叩いた肩を今度はしっかりつかむと、

「いいわね。今日こそ最後のチャンスよ。誤解を解いて、彼女をガッチリつかまえなさい。あの子はいい子で、今もあなたのことを思っている。だからああしてたった一人で、霧ヶ峰なんかへ来たんだわ。あの子の悪い噂なんか、みんな町のゴシップ屋が作り出したデマなのよ。何もかも忘れてぶつかって行きなさい」

「しかし……」

「しかしも何もないじゃないの。じゃあ、あなた一人を置いて行きますからね。彼女を早くつかまえないと、他のハイカーたちにさらわれるわよ」

そう言った途端、ハイカーの一人が美代に話しかけて、美代がちらと横顔を見せて離れ、それからますます不自然なほど群から離れて歩きだす姿を見た修一は、もう逃げ出そうという気などなくなってしまった。

「さあ、早く早く」

奥さんは膝《ひざ》をゆずって修一をオート三輪から下ろすと、意気揚々と緑屋の小僧に、

「これで万事OK。さあ、諏訪へかえりましょう。心附けは帰ってからあげるから」

と言った。オート三輪は忽ち《たちま》土埃《つちぼこり》を立てて、修一をポツンと置きざりにして、元来た落葉松《からまつ》の林の中へ走り去った。

三

とりのこされた修一は夢のような気持で、ほとんど自分がどこにいるのかもわからなかった。新らしくひらけた状況が呑《の》み込めないのである。

彼は高原のさわやかな風のなかを、ぼんやりと遠い美代の赤いスカーフを目じるしに歩きだした。さっきバスを包んだ雲霧はすっかり晴れていたが、小さな雲の影が一つ、ゲレンデの斜面をゆっくりと辷《すべ》り下りてきた。

ゲレンデを登り切ったところが、蛙原《げえろつぱら》で誰がつけたのか、「忘れじの丘」などという流行歌まがいの名前もついている。

そこまで昇っただけで息が切れるのか、ハイカーたちは草に腰を下ろして、早くもチョコレートを喰《た》べはじめるのもいる。美代は一人で、どんどん広大な高原のう

ねりの中へ歩を進めている。

蛙原からの展望は雄大をきわめ、「新日本万景の地」などという立札が立っているのも、まんざら誇張ではない。

見わたすかぎり山々の壮麗な姿に囲まれ、南には甲斐《かい》の山々が連なっている。海抜三千メートル以上の、仙丈ヶ岳《せんじょうがたけ》、白根山《しらねさん》、北岳《きただけ》。左方には富士がほのかに頂きをのぞかせ、西には槍ヶ岳《やりがたけ》が、純白のゴシック建築の尖塔《せんとう》のような、天へのび上ろうとする姿勢を見せている。こういう千変万化の山々の姿は、あたかも、大きな波がうねったり、砕けたりしているのが、一瞬のうちに、そのままの形で凍結したようである。

目の前には、ゆるやかな斜面がうねり、ところどころに灌木《かんぼく》が秀で、その多くは山躑躅《やまつつじ》で、小さい山あやめやすみれや百合《ゆり》などが、そこかしこに花をひらいている。一人ゆく美代のスカーフは、勾配《こうばい》の向うにかくれて、花々の間にまぎれた。

修一の目には、ハイカーたちの目をたのしませている山々の眺望も入らなかった。ただ美代のスカーフだけが全世界であった。突然、今まで固く閉ざされていた彼の心が、ひろく扉をあけて、闇の中で見えなかったものを、明るい外光のうちにありありと見せた。それは自分が美代を愛しているという発見だった。ただ愛しているだけではなく、永く会わずにいるあいだに、恋は以前の何倍にもなったという突然

の発見で、それはあんまり光りかがやく証拠だったから、どんなに頑《かたく》なになってい
た彼の心も、みとめないわけには行かなかった。
修一は風に逆らって駈《か》け出した。名前を呼ぼうとしたが、名前が口から出ない。
走りながら、まだ自分はこだわっているのかという反省が、彼の足を引止めるよう
で、ここで大声で美代の名を呼べなければ、永久に自分は彼女の名を呼べないぞ、
という脅迫をかけられたような気がした。
「美代さあん！」
と走りながら彼は叫んだ。最初は口ごもって小さく、次第に大きく。その名は永
いこと胸の中に押しこめられていた沢山の蝶《ちょう》が、戸をひらかれて一せいに空へ飛び
立ったように、次々と美しい羽根をひろげて飛んだ。
「美代さあん！」
という何度目かの叫びに、美代はぼんやり放心したような顔をふりむけた。その
顔はもう何も奇蹟《きせき》を信じなくなっている顔だった。自分から淋《さび》しさに埋もれ、すべ
てを拒んでしまった顔だった。だから修一の姿が真近に迫っているのを見ても、す
ぐには信じられなかった。突然、彼女はそれを修一だとみとめた。
おかしなことだ。駈けてくる青年が修一だとわかってのちも何秒か、美代にはそ
れが、

「あの修一」だと信じられなかったのである。あの修一。愛し合っていたあの修一。その特別な存在は、もうこの世にはいない筈《はず》だった。

このとき美代にも本能的に、ただ逃げ出したいという気持が湧き、そう思ったときはもう背《そびら》を反《かえ》して駈け出していた。

美代は死ぬまで駈けて駈けて、死んだときなら、修一に抱かれてもいいと思った。それまではいやだった。

小笹の根が、駈ける足の遮《さまた》げになり、ところどころに露《あら》われている岩も、草むらに隠れて、足もとをおびやかした。何度も美代はのめりそうになって駈け、つまずきそうになって又立ち直り、うしろから修一が追ってくるのを、強い太陽の光りを背に受けるようにありありと感じながら、心臓が飛び出しそうな疾走の苦しさが、みるみる、幸福感に入れかわってくるのを抑えようがなかった。

鬼百合の繁みが目に映ったと見る間に、その鬼百合の強烈な花が、急に逆様になり、煉瓦《れんが》いろの花粉を吹き上げているように見えると思ったときは、美代はつまずいて草の上に倒れていた。

すぐ追いついた修一は、美代の体を抱き起し、

「どうした、怪我は?」

と弾む息のまま訊《き》いた。

美代は目をつぶったまま、小さく顔を左右に振った。しかし起き上ろうとはしなかった。修一は、不器用に美代のそばに坐《すわ》ったが、二人ともまだひどく息が弾んでいた。そこは緩丘のかげになっていて、あたりの視野は限られ、ただ広大な空とひらけた南の方角がみえるだけだった。

「どうした」

と修一は、救助員みたいな態度で、美代の頸筋《くびすじ》に腕を入れた。美代はされるままになっていて、決して起き上ろうとしなかった。修一はだんだん心配になってきた。しかし突然、美代は両手で自分の顔をおおい、体を斜めにして、修一の腕をのがれた。

修一はおどろいてその顔を眺め下ろした。美代は泣いていた。

声は立てなかったが、美代は永久に泣きつづけているようで、その指の間から、涙が嘘のように絶え間なくこぼれおちた。顔をおおっている美代の指は、華奢《きやしや》な美しい女の指とは言えなかった。意識してかしないでか、美代は自分の一等自信のない部分へ、男の注視を惹《ひ》きつづけていたことになる。

それは農村で育ったのちに、キー・パンチャーとして鍛えられた指で、右手の人差指と中指と薬指、なかんずく一等使われる薬指は、扁平《へんぺい》に節くれ立って、どんな優雅な指環《ゆびわ》も似合いそうではなかった。

しみじみとその指を眺めていた修一は、労働をする者だけにわかる共感でいっぱいになって、その薬指が、いとおしくてたまらなくなり、思わず、唇をそれにそっと触れた。しかしおどろいたことに、美代はそれでも一向反応を示さず、丁度静かな公園の水呑《みずの》み場のように、ただ孤《ひと》り、単調に、涙を流しつづけているのである。

こんな女の様子を理解できなくなった修一は、首をもたげて、あたりの風景を眺めて時を稼いだ。心の中はひどく混乱しているようでもあり、ひどく幸福なようでもある。何か一言美代に言ってもらいたいようでもあり、又この沈黙がありがたいようでもある。

雲の影がゆったりと移り、空にはひばりの囀《さえず》りが絶えなかった。丁度寝た足先に、八ヶ岳の鋸《のこぎり》なりの尾根が横たわり、その裾《すそ》のほうには、富士見高原の小さな部落が光ってみえた。それは硅石《けいせき》をばらまいたような屋根の一群で、静かにきらきらと、村全体が光ってみえるのである。

風はここの凹地《くぼち》ではほとんど微風だが、高原全体に吹きまくる風の強さは、眺めをさえぎる緩丘のいただきの、草のそよぎを見てもよくわかる。雲はたえず動き、それが次々と軍隊のように押し寄せてくる。雲の影は、橙《だいだい》いろのぼけの花々をたちまち灰いろに変えて、勾配の斜面を渡ってくるが、それも忽《たちま》ち、敗走する軍隊のようにサアーッと遠のいてゆく。間もなく、又次の雲の影が、群羊のように渡ってくるのである。それを見ていると、心が雲と共に拉《らっ》し去られて、気の遠くなるような心地がする。

はるか富士の山頂が、遠く霞《かす》んで山峡に顔をのぞけている。……

美代はいつのまにか泣きやんでいたが、まだ手を顔から離さず、さっきのままの姿勢で、微動もしなかった。ときどきブラウスの胸が大きく波打った。

もともと口下手の修一は、こんなときに余計なことを言い出して、事壊しになるような羽目には陥らなかった。彼は子供が好奇心にかられて菓子の箱をむりやりあけてみるように、かなり強引な力で、美代のしっかりと顔をおおっている指を左右にひらいた。

涙に濡《ぬ》れた美しい顔が現われた。しかし崩れた泣き顔ではなくて、涙のために、一そう剝《む》き立ての果物のような風情を増していた。修一はいとしさに耐えかねて、顔を近づけた。するとその泣いていた美代の口もとが、あるかなきかに綻《ほころ》んで、ほんの少し微笑したように思われた。

それに力を得て、修一は強く、美代の唇に接吻《せっぷん》した。

四

……美代はこの唇こそ、永らく待ちこがれていた唇だと、半ば夢心地のうちに考えた。もう何も考えないようにしよう。考えることから禍《わざわい》が起ったのだ。何も考えないようにしよう。……こんな場合の心に浮ぶ羞恥心《しゅうちしん》や恐怖や、果てしのない躊躇《ちゅうちょ》逡巡《しゅんじゅん》や、あとで飽きられたらどうしようという思惑や、そういうものはすべて、女の体に無意識のうちにこもっている醜い打算だとさえ、彼女は考えることができた。純粋になり、透明になろう。決して過去のことも、未来のことも考えまい。……自然の与えてくれるものに何一つ逆らわず、みどり児のように大人しくすべてを受け容《い》れよう。世間が何だ。世間の考えに少しでも味方したことから、不幸が起ったのだ。……何も考えずに、この虹《にじ》のようなものに全身を委《まか》せよう。……水にうかぶ水蓮《すいれん》の花のように、漣《さざなみ》のままに揺れていよう。……どうしてこの世の中に醜いことなどがあるだろうか。考えることから醜さが生れる。心の隙間《すきま》から醜さが生れる。心が充実しているときに、どうして、この世界に醜さの入ってくる余地があるだろうか。……今まで誰にも触れさせたことのない乳房を、修一の大きな固い掌が触った。この人は怖れている。慄《ふる》えている。どうして悪いことをするように慄えているのだろう。……この太陽の下、花々の間、遠い山々に囲まれて、悪いことを人間ができるだろうか。……美代の心からは、人に見られる心配さえみんな消え失せていた。世界中の人に見られていても、今の自分の姿には、恥ずべきことは何一つないような気がした。……

それでいて、美代の体が、やさしく羞恥《しゅうち》にあふれているのを、修一は誤りなく見ていた。丈の高い夏草の底に埋もれて、彼女はそのまま恥らいのあまり、夏の驟雨《しゅうう》のように地面に融《と》け込んでしまいそうだった。

二人とも人生ではじめての経験だったのに、これだけ感情の昂揚《こうよう》していたことで、すべては流れるように進んで、短かい間に、空もゆらめくような思いは終り、修一は美代の純潔のしるしを見て、歓《よろこ》びの叫びをあげたい気持になった。美代の髪を外れて飛び去ろうとしていた赤いスカーフを手にとって、彼は黙って美代に手渡した。美代はふと不審そうにそれを見たが、修一の心やりを察して、頰を赤らめた。

「結婚しよう」

と修一は大地からこのまま飛び立てるような思いをこめて言った。

悲しみや絶望のすべてから癒《い》えた今は、この世にできないことは何もないような気がする。

「いいわ……でも、どうやって……」

「二人でゆっくり相談するんだ。僕はまだ若すぎることもわかっている。周囲の事情もむつかしいこともわかっている」と修一は、このまままいつまでも喋《しゃべ》りつづけていたい思いで、こんなに言葉が楽々と自分の口から流れ出たことはなかった。

「でも、ゆっくり相談して、一つ一つ難問を片附けて行けば、できないことはないんだ。僕だって、苦労して働らいてきたし、世の中のむつかしさもわかってるつもりだ。それを少しずつ、自分の思うほうへ引きずって行って、それで成功したら、その嬉《うれ》しさは十倍だよ」

美代はすでに身づくろいをして、手鏡をのぞいていた。

「これ何？」

と自分の頬についた煉瓦いろの粉を示した。

「あ、百合《ゆり》の花粉だよ。盗み喰《ぐ》いをした子供の頬《ほ》っぺたみたいだ」

美代は朗らかに笑って、それを手巾《ハンカチ》で拭《ぬぐ》いながら、

「つけとけばよかった。叱られるまで」

「誰が叱るんだ」

「お日様だの、山だの、いろんなものが」

しじみ蝶《ちょう》が、美代の小さい鏡の奥を横切った。

「叱られても仕方がないわね」と美代は重ねて言って、「だって私たち、親の留守に盗み喰いをしたんだもの」

「親のことなんか言うなよ」

「だから親って、太陽や山のことだわ」

こんな詩的な表現は、修一にはよくわからなかったので、彼は草の葉を嚙《か》みながら、そしてこんな場合にのんびり草の葉を嚙んでいる自分の態度に、いかにも大人の落着きを感じながら、さっきの話題をつづけた。

「ねえ、じっくりやれば、きっと何とかなるもんだよ。そのためには、浮っ調子な気分ではなくて、僕もこれからは人一倍働くし、世間から今度こそは笑われないで、世間のほうで進んで認めてくれるところまで持って行くんだ。僕はうんと働らいて、お金を儲《もう》けるよ。君に苦労をかけないようにしなくちゃ」

これは健気《けなげ》な申し出だったが、美代にはいくらか非現実的に感じられた。そこで彼女は、未来よりも過去へ目を向けた。

「へんだわね。はじめてバスの停留所で会ったときから、ずっと糸を引いてきて、今度もバスのおかげで、二人がこんなになるなんて。私たちって、よっぽどバスと縁があるのね。でも今日、一人でバスに乗ってここへ来たときの、私の気持なんて、あなたにわかるかしら」

「わかるよ」

「わかりはしないわ。あててごらん」

修一はいろいろと当りさわりのないことを言ったが、みんな正解ではなかった。

「だめ、だめ。どうせ私の気持なんかわかりっこないんだから」

「わかるよ」

「うそよ。本当は私、一人でここへ来て、どこまでもどこまでも一人で歩いて行くつもりだったの。そうして高原の花の中に寝ころんで、ひょっとしたら、自殺できるかもしれないと思っていたの」

「自殺だって？」

と修一は飛び上らんばかりに愕《おどろ》いた。

「自殺よ」

と美代は朗らかに笑った。

「今はまさかそんな気はないんだろうね」

「バカね。自殺って、結局、あなたが原因だったんだもの。今になってそれがよくわかるの。ここへ来るときは、一人ぼっちで、もしかしたら幸福で、人生にこれ以上何も要らないような気がしていたの。だからそのままの気持で、スウーッと死ねそうな気がしたの。でも今考えると、やっぱりその原因はあなただったんだわ。そんな気持だったから、何でもできたし、そうして今は……」

「今はどうなんだ」

と修一は不安にかられて、答をせっついた。

「今は死ぬどころか、草の上をころがり廻《まわ》って笑い出したいくらいだわ。犬みたいに。ほら、見てごらん」

と美代は体中から笑いがこぼれるように、笑いつづけながら、草地の上を乱暴にころがった。修一も一緒になってころげまわり、体がぶつかり合って、又接吻した。

「へんだわね。こんなとき女の子ってメソメソ泣くんじゃない？」

「映画なんかじゃそうだな」

「私、笑ってばかりいて、フーテンみたい。でもさっきあんなに泣いたから、その埋め合せね」

「気楽だなア」

と修一は口では言ったが、決して気楽でない美代を、心でしっかりと受けとめていた。

雲の影が、再び、群羊のように二人の上に迫ってきた。

「ねえ、結婚しよう。いや、と言ったら殺すぞ」

「いや！」

美代はそう言うと、笑いながらあわてて立上って逃げようとして、又灌木《かんぼく》の根につまずいて、修一につかまえられた。

「いいわ……いいわ……私、もう観念しちゃった」

と美代はわざとふてくされたように言った。

第八章

一

「お前は何だかこのごろコソコソやってるようだね」

と大島十之助氏が奥さんに言った。

「コソコソなんか何もしていませんわ」

と答える奥さんの目には落着きがなかった。修一と美代を何とか結婚させてやろう、それも無理な結婚ではなく、何とか幸福な理想的な結婚をさせてやろうという思いは、奥さんの心を毎日占領しつづけていたからである。

大島氏はそれなり質問を打切ったが、急にこんなことを言い出した。

「デルタ・カメラも大したもんだね。あの会社の厚生施設は前からすばらしかったが、今度は社内結婚のための新婚寮まで作るんだそうだ。これには尤《もっと》もな理由があってね。近ごろの人手不足じゃ、女の子がどんどん結婚して会社をやめられちゃ大変だろ。それで社内結婚をむしろ奨励しているんだが、結婚してから共稼ぎをつづけられるだけの家庭生活が農村じゃ望めないわけだよ。未《いま》だにお姑《しゅうとめ》さんが一家の財布を握っているような家族で、若夫婦が共稼ぎをしたって、何の夢も希望もないわけさ。だから会社が、新婚夫婦の巣まで世話してやるというわけさ。ここまで来ると、会社が成立ってゆくためには、農村の家族制度から改革してゆかなくちゃならん、ということになるし、そこへ目をつけた経営者も傑物だね。……こうなったら、資本主義も若い連中の血となり肉となるわけで、俺のようなロマンチストは木曽《きそ》の山奥へでも逃げ出さなくちゃならん。いや、あんな山奥は山奥で、ダム工事がさかんだろうな。帰りなん、いざ、田園まさに蕪《あ》れなんとす、だね、全く。こうして生活の幸福が保障され、牧歌は急速度に消えて行くんだ。情ない話さね」

「それで、新婚寮ってどこに建つの?」

「会社にとっちゃ焦眉《しょうび》の急だから、さしあたり、工場のちかくの大きな邸《やしき》を買って改造するらしいよ。いずれ、新しい社員アパート形式で、鉄筋のパリッとしたやつを建てるんだそうだが」

奥さんは大人しく訊《き》いていたが、こっちの気持を見透かすように、良人《おっと》がこんな話をしだしたのは薄気味わるかった。

ふだん奥さんは、十之助という男を、下手な小説を書くだけが欠点の、わがままな子供のように思っているのだが、ときどきその子供が、巨大な冷血の悪魔に見えたり、何もかも見透かす怖ろしい妖術師《ようじゅつ》に見えたりするのがふしぎである。こんな風にいまだにこの人に謎を感じているところを見ると、少しはこの人を愛しているのかしら、と奥さんは妙な気持になった。

十之助氏とのそんな会話はそれなりになったが、二、三日すると、「アルネ」のカウンターで奥さんを前に当てがい扶持《ぶち》のウイスキーをちびちびやりながら、又彼はへんなことを言い出した。

「今日組合へ、デルタ・カメラの人事課長が遊びに来てね。組合長と親しいんだそうだが、話のついでに、俺に何と、デルタ・カメラのPRの仕事をやらないかと言うんだよ。弘報《こうほう》課の嘱託という形で、給料はうんと出すと言うんだが、俺はきれいに御辞退申上げたよ。忙しいところへ行って、本職の文学の邪魔をされたくないからね。

それからいろんな話になって、会社はひどい求人難だと言っていた。八百人募集すれば千二百人ぐらいは来ることは来るんだが、箸《はし》にも棒にもかからないのばっかりで、中には精薄児みたいのもまぎれ込んでるそうだ。それで採れるのは、やっと三百人足らずだが、これじゃとても足りないんだそうだ。何か若いいい人がいたら推薦してくれって、俺にもたのんで行ったがね」

ばかにお客のたてこんでいる晩で、この町の洒落《しゃれ》た喫茶店ではここがピカ一だったから、東京や名古屋からの避暑客もかなり多く、奥さんはひどく忙しい思いをしていた。その最中に言われたこの言葉だったから、最初のほうは聴き流したが、どうせこんなぐうたら亭主をデルタ・カメラがほしがっているなどという話は、法螺《ほら》だろうと思われた。しかしそれからあとが思わせぶりで、奥さんはろくに返事もしなかったが、客に愛想笑いをふりまきながら、頭の中では、「若いいい人がいたら推薦してくれ」という言葉が、いつまでもチカチカと光りを放って廻《まわ》っていた。

ときどきは女の子に代って、自分もカウンターを出てコーヒーを持って行ったり、レジスターを手つだったりしながら、奥さんは時々ちらりとカウンターの高い椅子にお行儀よく止っている良人の、狸のような背中へ目をやった。

『穽《おとしあな》だわ、きっと。あんなことをほのめかして、私が頭を下げてたのみに行くのを待ってるんだわ。修一さんと美代さんをあんな不幸に突き落しておきながら、今度は又、二人を幸福にしてやれるのは俺だけだという顔をしたいんだ。どこまで図々しく出来ているんでしょう』

奥さんはお客には絶やさぬ微笑を向けながら、実は髪の毛がちり毛立つほど腹を立てていたが、さて奥さんにも何の名案があるわけではなかった。

二

修一と美代は、会うたびにこまごまと結婚の相談をしていた。一度許したまま、ずるずると引きずられて、内縁の妻みたいになるのがいやだったので、美代はあのことはもう結婚まで固くおあずけにしていたが、その美代の気持は修一にもよくわかっていた。会うたびに彼の心は激して、時には目もくらむような気持になったが、そのときは、たった一度のあのたとしえもない甘い思い出が、彼を苦しめるのと同時に、彼を救った。それは大きな滝に打たれたような、ほとんど荘厳な思い出で、そこへもう一度到達するには難路を辿《たど》るほうが自然であり、狎《な》れ親しめばつまらないものになってしまうかもしれないそれを神聖に保つには、禁じられているほうが欣《よろこ》びである筈《はず》だった。二人ともいささかもあの経験を罪だとは思わなかったが、ほとんど奇蹟《きせき》とも思われたあの事件に対して、敬虔《けいけん》な気持を抱いている点では同じだった。

結婚の可能性についていろいろと語り合ううちに、修一には次第に問題のありかがはっきりしてきた。この結婚は、現実的には、決してデルタ・カメラの女事務員と漁師とのロマンスという風には運びようがなかった。それは恋愛と職業との、いわばカメラ会社のモダンな力と貧しい漁村の古い伝統との、すなわち、一等最初に、修一が雨にけぶる湖畔から対岸の白い小さな角砂糖のような工場を眺めて憧《あこが》れたのと同様、決して融《と》け合わない二つのものの対立であった。その解決には、心や体だけでは、何の足しにもならなかった。どちらかが生活を変えなければならない。美代にとっては、もう一度暗い貧しい農漁村の生活に戻ることは不可能だったし、修一にとっても、これまで次々と工場へ出てゆく同年の友だちを後目《しりめ》に、自分一人頑張って父祖の業を守ってきたのは、洒落や冗談ではなかった。

しかもデルタ・カメラが、かつての製糸工場のように、操短に操短を重ねて滅んでゆくという事態は考えられず、誰の目にも明らかに衰えてゆくのは湖の漁業のほうだった。この不安定な職業は、だんだん近代化してゆく周囲のあらゆる力によって脅やかされていた。

漁村の若い連中は次々と勤めに出てしまい、漁撈《ぎょろう》に従事しているのは四十歳以上がほとんどという時代になって来ていたが、修一の家はこの点で、二つのハンディキャップを負っていた。すなわち家に、働き盛りの男手が修一一人しかいないことが一つと、ほかの家はまだ遺《のこ》された田畑や果樹などの副業を持っているのに、修一の家は一時の専業化の波に乗ったばかりに漁業一本でやってゆかなければならぬことが一つと。

修一が漁業を捨てたらどうなるだろう！　それは小野崎村が最後の若者を失って、亡びてゆく村になることとだった。

彼が家代々の仕事に持っていた誇りは、しかし、孤独の中で育てられた夢であった。たった一人の青春を大切に守ることの苦しみと、その苦しみに耐える口実とが、しゃにむに彼のそんな誇りをはぐくませたのかもしれなかった。あの秋のおわりの、降りみ降らずみの雨のなかで、彼が湖の彼方《かなた》にデルタ・カメラ工場の白い結晶を眺め、そこに彼を待っている筈の美しい幻の娘を夢みたとき、彼はしらずしらず自分の誇りを裏切っていたのかもしれなかった。そのとき彼の美しい娘への憧れは、おのずから、生活と伝統の変革の夢を孕《はら》んでいたのかもしれないのである。

そう思うと、美代と結婚するためなら父祖の業を捨ててもいいという気が起ることは、あながち、女のために男の仕事を捨てるという風な、ありふれた純情の発露だけではなさそうであった。美代とはじめて会う前に、美代のような存在を夢みはじめたそのときから、修一は先祖伝来の自分の仕事を捨てかけていたのかもしれないのである。

美代は美代で、アルネの奥さんだけが相談相手では心細く、そうかと言って同室の増田さんや成瀬さんとは、新宿のフルーツ・パーラア以来何か気まずく、思いあぐねている顔を、門衛の秋山おじさんに見咎《とが》められた。

と声をかけると、この無愛想なおじさんが、美代にだけは、

「おはよう」

と挨拶《あいさつ》を返してくれるのだが、たった一言の「おはよう」だけで、美代の心の晴雨を占うことができるらしい。或《あ》る夕方、思いあぐねて門を通るとき、美代はうっかり、

「さよなら」

を忘れてしまった。

「おい、おい」

とおじさんはわざわざ追いかけてきて、耳もとで低声《こごえ》で、こう言った。

「さよならを忘れたね。何かよほど心配事があるんだろう。今夜八時に通りの常磐《ときわ》食堂で待ってるよ。あそこで相談に乗ってあげよう。あの店なら、工場の若い者も来ないから、話がしやすいだろう」

「ありがとう。八時に行きます」

と美代は素直に返事をしてしまった。

——常磐食堂という野暮な明るい呑《の》み屋兼食堂は、デルタ・カメラのハイカラ人種には無縁な店で、いかにも秋山おじさんの好んで行きそうな店だったが、八時に

美代が入ってゆくと、

「いらっしゃいませ」

と板前も女中も声を合わせ、労働者風のお客がいっせいに美代に注目するのには困ってしまった。幸いおじさんは先に来て待っていた。

おじさんは板場の前のデコラの板の上に、二三の肴《さかな》を並べて、晩酌をやっていたが、美代の顔を見ると、誇らしさが顔にあふれて、意気揚々とまわりの客を見廻すようにするので、美代は一そう恥かしい思いをした。

「よく来たね。さあ一杯おあがり」

「お酒はだめなんです」

「じゃオレンジ・ジュースかい。まあ、いいだろう。若い人はお酒を呑まなくても、他に酔うことがいっぱいあるんだから。……ほら、ごらん。赤くなった。もう酔ってるんだよ」

「からかうんなら、帰ります」

「帰っちゃいけない。さあ、話をききましょう」

酌をしに来た女中が、

「秋さん、隅に置けないわね」

などとつっついたが、おじさんは、

「まちがえなさんな。実の娘だよ」

などと、照れくさそうに弁解をしていた。

美代は一部始終を話しはじめたが、例の件だけは恥かしいので黙っていた。

「そうかい、そうかい」

とおじさんは合槌《あいづち》を打ちながら、やさしくきいていたが、

「そりゃきれいな話だよ。その男には会わなくても、いい人間だということがわかる。しかし美代ちゃんが結婚して、漁師の家へ入るのは私は反対だね。第一私が淋《さび》しくなる。そうかと言って、ふつうの嫁になって、デルタ・カメラをやめずにいるというわけにも行くまい。方法は只《ただ》一つだよ。その男を会社へ入れちまうんだ。私がいくらでも口を利いてあげるよ。これでも私はデルタ・カメラの主だからね。

美代ちゃん、恋愛と結婚を写真機にたとえると、こういうことだ。シャッターを押すだけなら誰にもできる。しかしいい写真が出来上るには、はじめの構図の決め方、距離や絞りの合わせ方、光線の加減、又あとには現像密着の技術も要る。それも何度もやってみて馴《な》れられるものならいいが、ズブの素人を連れて来て、一ぺんコッキリの勝負をさせるのだから危ないものだ。そこでシャッターを押す前に、できるだけ念入りに、絞りを合わせたり、光線の具合をしらべたり、距離を測ったりする必要があるんだよ。このごろみたいにオートマばやりだと、それはそれでいい

かもしれないが、それだって構図だけはオートマじゃ行かないからね」

そのあとは永々とおじさんの人生的詠嘆がつづき、美代はおしまいには持て余した。

ただきいているうちにわかったことは、たしかにおじさんならずとも、修一がデルタ・カメラに入り、共稼ぎをして結婚資金を貯め、結婚してからは新婚寮へ入るというのは、誰しも考える捷径《しょうけい》にはちがいないけれど、問題は美代のほうから決してそんな計画を修一に暗示してはならないということだった。たとえ第三者から修一に忠告しても、もとは美代から出たことだと疑われるおそれがあった。そうなったら、すべてがメチャクチャになる危険があるのだ。

美代は冬の寒い六斗川での彼の労働の現場を見に行ったときのことを忘れていなかった。あのときの汚れた服装の修一の顔に浮んでいた、軽蔑《けいべつ》されやしないかという怖れと、一方、誰の軽蔑をもゆるさない職業の誇りとが交錯したあの表情は、美代の心に強い印象を残していた。

美代の目の前に立ちふさがっているのは、一人の男の仕事だった。それはどのみち女の容喙《ようかい》をゆるさない一つの城であって、城主が城を放棄するのは勝手だが、決してこちらから城を落そうとしてはならなかった。

三

ところで、こんな成行は、美代の口からもアルネの奥さんに伝えられ、すべてが修一の決断にかかっていることがわかると、アルネの奥さんも、それ以上打つべき巧い手が思いつかなかった。彼女の長所は、がむしゃらな即戦即決主義に強いことであって、長期戦となるとしぼんでしまい、

「意気地がないわね、修ちゃんも。魚と美代さんと、どっちをとるか決断がつかないなんて、男の風上にも置けないわ」

などと蔭口《かげぐち》をきき、却《かえ》って美代に、

「そんなに簡単な問題じゃないわ」

とたしなめられる始末だった。

――一方、大島十之助氏は、じっと観察して、問題のキイがどこにひそむかを見極めようとしていた。この点で彼は、奥さんの軽挙妄動など、大して気にしていなかった。

「アルネ」のテレビが、機械はまだ十分使えるが、デザインが古くなって、店に合わないと奥さんが言い出したので、

「そんなら新品を買ったらいいじゃないか」

　と十之助氏が言った。

「でもちゃんと買い換えてくれる店がなくちゃ」

「一万五千円ぐらいなら、俺が引取ってもいいよ」

「どうせその一万五千円は店の売上げから払って下さるんでしょう。それじゃ何のことやらわからないわ」

「わからないなら、わからないついでに、いっそ古い機械を俺にくれないか」

「あら、いやだ。そんなものどうするの？　お妾《めかけ》さんの家へでも持ってくんですか」

「まあそんなところだ」

　奥さんは、又十之助氏が何か企《たく》らんでいると思ったので、テレビの新品の購入をやめてしまった。そこで十之助氏も、中古品を只で手に入れる道がなくなった。

　十之助氏は実は修一が、祖父にテレビを買って上げたいと思っていて、お金をこつこつ貯めているのを知っており、しかもそのお金もここへ来て急に結婚資金に使われることになれば、永久にテレビは買えなくなるわけで、これを何とか手助けしたいと思ったのである。というのは、修一の結婚の決め手は祖父だと、十之助氏は睨《にら》んでいたからだ。

しかしテレビが巧《うま》く行かないなら、こっそり直談判《じかだんぱん》で行くほかはなかった。或《あ》る日漁協へ顔を出した修一の祖父を、十之助氏は酒へ誘った。祖父はよろこんで招きに応じた。

「相沢さんの行く店だから上等だろう。なにしろ奥さんの稼ぎがいいから」

と爺《じい》さんはずけずけ言った。

「いや味をいうなよ」

高島城址《じょうし》から一寸《ちょっと》入ったところにある小料理屋の二階座敷へのぼって、冷凍ものの鮪《まぐろ》の刺身を前に、まず冷たいビールで乾杯をすると、

「ああ、うめえ。このごろはビールも満足に呑《の》めねえ」

と爺さんが口のはたの泡を掌で拭《ぬぐ》って言った。

「全く漁獲が減ってるねえ」

「年に三十万は固かったのが、このごろは年に二十万を割ることがあるからね。楽じゃねえ。化学肥料は容赦なく川上から流れてくる。人手は足りない、いいことはちっともねえですや」

「昔からあんなことを言ってるんだ」

「いや、もう湖の漁業も、わしのような、つぶしの利かん年寄だけの仕事になる。孫がいくら頑張っても、肝腎《かんじん》の魚が減ってくんだから。それに近ごろの町方の若い

人は、鮒《ふな》やわかさぎなんか喰《く》やあせん。東京への土産なら果物で沢山だし、この土地で食べるものなら、市場で薄切りのソーセージやコロッケを買ってたほうが滋養になる」

「ばかに悲観的なんだね。修一君なんかそれほどでもないがな」

「若い者は却って先が見えないんだよ。永い経験のある者のほうが先を見ている。修一も可哀想に、よく働らいてくれるが」

「あの子は悠々とお金をためてるよ」

ズバリと言って、十之助氏は、老人の反応をうかがった。

「え？　そんなことが」

「本当だよ。その目的を教えようか。何とかあんたにテレビを買って上げたいんだそうだ」

「本当かい？」

「そんなこと嘘をついてもはじまるまい」

「そうかい」

と老人は、じっと物思いに沈んだが、頑健な丸刈り頭の白髪が、赤黒い地肌を透かしているのがよく見えた。

「なんて気のやさしい野郎だ。それだからあいつは時世に遅れるんだ。テレビなんか、そりゃああれば便利だが、なくたってラヂオで十分漫才や落語もたのしめる。そんな金があったら、結婚資金にすればいいんだ。そうじゃないか、相沢さん、わしはあいつには自分の本音は話していないが、このごろわしは、あいつに家業を継がせる気がなくなっているんだ。漁師はわし一代で沢山だよ。あいつの一生に、こんな苦労をつづけさせることはねえよ。

これからの世の中は、知恵もお金もありあまってる連中が、その知恵とお金を五倍十倍にするために働らいている世の中で、何のために五倍にも十倍にもしなけりゃならんのかわからないが、その手助けをして、お余りをいただくのが、わしらの仕事になる他ないんだ。修一も内心それくらいのことはわかってるだろう。

魚釣りはだんだんそういう殿様たちの道楽だけになるだろう。早い話が、小野崎村が金持ち連中の漁場になれば、そのお手つだいで櫓《ろ》を漕《こ》いでるほうが、今よりずっといいみいりになるだろうよ。

みいりさえよけりゃいいわけで、魚だってそうなったら心得たもので、わしら老練な漁師より、素人《しろうと》お殿様の網のほうに、よけい引っかかってくるかもしれない」

「ふうん、あんたの気持はよくわかったが、修一君にはまだ、家業のあとを継がないでいい、って話はしてないのかね」

「してないね」

「いつするんだ」

「漁もこれも、汐時《しお》ってものがある。まず、可愛いこれ（と祖父は節くれ立った小指を立ててみせた）を引張ってきて、

『おじいさん、この娘に惚《ほ》れました。世帯を持ちたいんです』

と言ってくるときさ。そのときわしはキッパリ引導を渡してやるつもりだ。

『もう漁師はやめれ』

とな。それまではまあ、知らぬ顔の半兵衛《はんべえ》さ。しかし祖父にテレビを買ってやろうなんて了見でいるうちは、まだダメだね。あいつはウヂウヂしていて、全く埒《らち》があかん。わしの若い頃はあんなものじゃなかった。女なんて嫁にもらう前に、ちゃんと味を試してみたもんだ」

「なるほどね、じいさんのほうが孫より考えが新しいね。それで修一に漁師をやめさせたら、俺も就職の世話で泣きこまれるところだな」

「当り前だよ、相沢さん、あんたが世話をしないで誰がするのだ。うちじゃ相沢さんは油断のならん人で通ってるけど、修一だけはバカに尊敬してるらしいよ。それがまたあいつの人を見る目のないところで……」

「おいおい、頼まれてやらないぞ」

「どうぞ、よろしくお頼み申上げますです」

「神様にもそういう頼み方をするから、魚がかからないんだ。全く喰えない爺さんだな」

と大島十之助氏は口では言ったが、内心この老人の明晰《めいせき》な頭脳におどろいていた。

四

このごろ修一は、母にも姉にも、祖父にはもちろん、何だか自分の宿命を握っている人たちに感じるような重苦しさを感じながら、何も言い出せずにいるのだった。なかんずく怖くもあり哀れでもあるのは母だった。母は修一が帰宅すると、何となく彼の全身を眺め廻《まわ》して、女の匂いを嗅《か》ぎ当《あ》てようとしているかのようだった。そして何の証拠も発見しないで、暗い顔をして、首をふり、

「腹が空いたろ。寝る前に何か喰うだろ」

と問いかけるのであった。修一は自分が物を喰う機械としか思われていないのが不満だったが、母親は又独特の羞恥《しゅうち》のおかげで、いつも食慾《しょくよく》のほうへしか話を持って行かなかった。

姉は又姉で、人生にまるきり興味のない顔をしていた。一日暗い家にいて、家事にいそしみながら異性のことなど考えている影が一つもなかった。

ある晩、姉が近所の家へ用があって、夜、堤づたいに帰ってくると、いきなり自転車に乗った不良にお尻《しり》を撫《な》でられたことがあった。彼女は悲鳴をあげて駈《か》け帰ってきたが、しばらくは口もきけず、全身がガタガタ慄《ふる》えていた。ようやく様子をきき出した母親は、急に大声で笑い出した。

「そいつから見ると、お前も女の数のうちなんだよ。ありがたいと思え」

姉は今まで修一が見たこともなかった鋭い目で、母をちらと睨《にら》んだ。その瞬間、彼はひどく姉が不愍《ふびん》になった。

そんな小事件のあけくれに、家の中を暗くしているのは主として母のせいだと修一は気づいた。

母はよく働らき、ひどく親切で、ひどく情に深いのに、自分でもしらずしらず破壊的な言動に出ることがある。そんな母に美代との結婚の話をもち出すのは、修一には怖かった。彼は母の淋《さび》しさをよく承知していた。

あんまり思いあぐねると、修一は戦争でも起って、兵隊にでもとられたいと空想することがあった。そうしたら、すべての人が妥協的になり、修一が戦死するかもしれないという仮定のもとに、美代との結婚はらくらくと許されるだろう。

日を経るにつれて、修一はこんなに現状打破の力のない自分自身にいや気がさし、美代とのたのしい逢瀬《おうせ》にも黙りがちになった。夜、美代を送って、デルタ・カメラの寮の近くまで人目を忍んで行き、通用門の暗がりで別れのキスをして、一人でとぼとぼと帰ってくる。

そういう一人歩きのとき、デルタ・カメラの長い長い塀は圧倒的であった。湖の向う岸からは白い小さな角砂糖のように見えていたそれが、こうしてそばを歩くと、巨大で、単調で、どこまでもつづいている万里の長城みたいな気がした。その灰いろの塀の汚れも、彼を冷たく斥《しりぞ》けるようであった。それは彼を拒み、堂々とつらなり、とりかかる足場もなく、ただ不人情にそびえ立っていた。

『何て塀だろう！　もしこの中へ入れたら……』

入れたら果して幸福が待っているだろうか。湖の青い藻のかげに、悪戯《いたずら》そうな目を光らせている鮒《ふな》のようなものが、この塀の中の仕事にはあるだろうか。彼はむやみに怖れ、自分で自分をそこから弾《はじ》き出しているのではないかと疑った。

結婚がすべてを解決してくれるような気があのときはしていたのに、今はすべてが解決されたときしか結婚の可能性はないような弱気に陥った。

『一体いつまで俺の考えは、こんな堂々めぐりをくりかえしているんだ』

しかし、急に彼の頬は赤らみ、目は輝やきを増した。今しがた別れて来た美代の顔が心に浮んだのである。彼女のまだ見ぬ寝顔を想像すると、そこにだけ、かつて彼が湖の向う岸から夢みたもののすべてが、漂っているように思われた。

大島十之助の章

俺の小説「愛の疾走」もとうとう終りに近づいた。これが中央文壇にどう受け入れられるか知らないが、今まで書いたところを読み返してみるたびに、俺は自分の麗筆に恍惚《こうこつ》たらざるをえない。まったく何て俺は巧《うま》いんだろうと思って、自分ながら怖くなるくらいだ。こういう天才は若死するのが普通だが、四十七歳になってまだ生きているところを見ると、何事にも例外というものはあるらしい。

俺の才能をみとめない愚物の妻は、いろいろと邪魔をしかけてきたが、妻が俺の裏をかこうとしてやることが、悉《ことごと》く俺の思う壺《つぼ》にはまるという寸法だ。

一旦《いったん》修一と美代の恋が悲境に陥ったのも俺の思惑どおりで、はじめのままでは情熱に障害がなさすぎて、とても結婚の決心までは運ばれなかったろう。俺が二人の仲を割いたような形になったのも、結局二人のためを思ったからだ。もしそうでなくて、初恋がすらすらと結ばれたら、そんな夫婦の一生は、箸《はし》にも棒にもかからないものになる。人間は怠け者の動物で、苦しめてやらなくては決して自分を発見しない。自分を発見しないということは、要するに、本当の幸福を発見しないということだ。

「愛の疾走」のラスト・シーンをどこに設定しようかという点では、俺は実はいろいろと迷っていた。修一が霧雨の中に対岸のデルタ・カメラを望み、まだ見ぬ美しい娘にあこがれた場所へ、美代をつれて来て、二人で幻と夢を最終的に現実に結晶させるというのも一案だが、それでは話の運びから言って、具合がわるい。というのは、美代は嫁として修一の家へ来るのではないから、修一の家の近所で話がおわるのでは、プロローグとエピローグの対照の妙はあっても、しめくくりが弱いのである。

それならデルタ・カメラの新婚寮をラスト・シーンにしてもよいと、俺はわざわざ開館匆々《そうそう》の寮を見学に行ったが、これは新築の寮ができるまでの、いわば仮住いで、古い大きな邸《やしき》を急ごしらえで一間々々区切り、大広間なんかは、まんなかに廊下をぶち抜いて、両方に個室をいくつも区切っている有様で、まだ住んでいる夫婦もわずかだし、何だかペンキの匂いと古ぼけた旧家の匂いとが、へんな風にまざり合った珍建築で、住人がいくらロマンチックな気分でいても、客観的には一向ロマンチックでない。

まず無難な案は、同じデルタ・カメラの社員になって結婚した二人が、会社の昼休みに、会社の近くの諏訪《すわ》神社の下社《しもしゃ》の秋宮へ行って、古い八重垣姫のロマンスを守護した神に再びモダンなロマンスを成就させてもらった礼を言い、こうして最も古いものの恵みと、最も新らしいものの給料とのおかげで、二人が明るい未来を夢みる、というラストにすることである。

未定稿だが、「愛の疾走」のラストは、そこでこんな風に書かれた。この短かい引用の中から、作者の筆の苦心の跡を十分読みとってもらいたいものである。

……………………。

「修一は美代に先立って鰐口《わにぐち》を鳴らし、その大どかな鈴の音は、人影一つない諏訪神社の広庭にひびきわたった。二人は心をこめて、愛の成就を神に感謝し、かつ未来の仕合せを神に祈った。『子供は何人ほしいのだ』とやさしい神は微笑《ほほえ》んで、からかうように問いかけて来られる気がして、美代は祈りながら、顔を赤くしたのである。

新婚の二人は、人間のすがたの、この世で最も美しいものを体現しているようであった。それはそうだ。ただされ若い二人の肉体は美しいのに、愛の極致によって夜毎に燃え立ち、愛の樹の樹液によって潤っていたからである。(このところ、少しいやらしいかな？　訂正補筆の要あり。)

修一は祈りをおわると、神社の広庭を横切って、鬱蒼《うっそう》とした老杉《ろうさん》の林のあいだに、大きな爪で一文字に引っかいた跡のように、生い立つ夏草にもめげぬ赤土の鮮やかな露出が見られる坂落しの蹴落《けおと》し場へ、美代を連れて行った。

『思い出すかい？』

と修一は言った。

『思い出すどころじゃないわ。あんなにヒヤヒヤさせて』

『だってあれからすぐ君は姿を消しちゃったそうじゃないか』

『ごめんよ、その節は』

と修一はおどけて頭を下げた。

あのときのことを思い出すと、修一は英雄気取で丸太の上に中腰で乗っかりながら、一途《いちず》に美代のことを考えていた自分が、今では何だかひどく危険に感じられる。今、もう一度あれをやれといわれても、怖くて二度と出来ないような気がする。

手負いの獣のように崖《がけ》をころがり落ちる御柱《おんばしら》の上で、あんな危険なポーズをとることができたのも、崖を埋める見物の群衆の中に、きっと美代がひそんで見ていてくれるという確信があったからだ。それはたしかに、愛する女に自分の目ざましい行為を示そうという若者にありがちな衝動だったが、それと同時に、今は望みのない恋の悲しみに、自分の身を粉々にしてしまいたいという、自殺の衝動に似ていたものが、動いていなかったとは言えない。そうだ。たしかにあのときの修一は、

(美代もそうであったように)、無意識のうちに死を望んでいたのだ。

愛する者の敏感さで、美代も亦《また》、それを認め得なかった筈《はず》はない。修一の派手な空いろの法被《はっぴ》姿の晴れやかな勝利者の表情の中に、一瞬、こういう不吉な影の通りすぎるのを、見分けなかった筈はない。

それは美代の悲しみの心の中のものと、あんまりよく似すぎていた。怖ろしい不安の動悸《どうき》と……それから美代は急に腹立たしくなったのだ……。


――そこの崖っぷちの蹴落し場は、二人の過去の悲しみの絶頂を記念する場所でもあった。そして今の幸福の中でそれを見ると、幸福が又一しお強く確かめられるような気がすると同時に、何か怖ろしい不安な感じも拭《ぬぐ》われなかった。美代はとりわけ、杉木立の中のその暗い土の部分が怖くなった。

『あっちへ行きましょうよ。明るいほうへ』

と美代は良人《おっと》の手を強く引いた。

二人は未来のほうへ顔を向けつづけていたかった。何故なら、そこには光りだけがある筈だったから。

二人は境内の広庭を又手をつないで駈《か》け戻り、堂々とした山門から石段を下りかけて、デルタ・カメラのほうを眺めやった。

ここからは白い社屋と、名物の青縞赤縞《じま》の大煙突が見える。大煙突はゆったりと煙をあげ、社屋の窓々は、午《ひる》さがりの日ざしにかがやいている。

かつて修一が湖の向うから眺めたその小さな白い角砂糖は、今は二人を圧倒する巨大さで、杉木立の間にそびえ立っている。そのさかんな生産のありさまを眺めると、二人には勇気が湧き、機械に負けずに、若いかれらも、精神と肉体のすべての力をこめて、生産にはげもうという希望に充《み》ちてくる。そして個人的生産とは、いうまでもなく、二人の間に生れるべき子供である……。

ふしぎな共感からそこまで思いたった事柄は二人とも同じであったので、目を見交わした美代は、赤くなって顔を伏せた」

……………………。

ここまでがラストの原稿であるが、まだ俺はこれを未定稿としておきたい。というのは、何度練り直してみても辞句がなお不十分であるし、その点で俺の芸術的良心が満足されないのと、もう一つはラストに、何か一つ、画竜点睛《がりようてんせい》という効果が足りないのである。それから考えれば考えるほど欲の出るもので、俺にはこのラストが、何だかデルタ・カメラに阿諛《あゆ》追従するような感じがしてイヤである。まさかPR文学ではあるまいし、俺の考える地方主義の純文学としては、いささか見識が低い感じがする。

なぜなら、これではすべてが、諏訪の町を蚕食《さんしょく》してゆく近代的な大企業の礼讃《らいさん》に終っているからである。俺が人一倍、純潔なる田園の讃美《さんび》者であり、そのためにデルタ・カメラの執拗《しつよう》な勧誘もしりぞけて、漁業組合の一職員たる身分に甘んじている、孤高な男であることを思い出してもらいたい。

しかし、俺の個人的感懐はともかく、すべては大企業のおかげで丸く片附いたのであった。

二人の結婚の鍵《かぎ》が、あの愉快な、修一の祖父にあることを知った俺は、二度三度、爺《じい》さんと酒を附合って、旧知の友のようになり、さてそこでそろそろと、修一の結婚話をもち出したのだった。爺さんは一も二もなく賛成し、修一をデルタ・カメラへ入れるという案にも、これ以上の名案はないと言ってくれた。

問題は修一のおふくろだった。

彼女は舅《しゅうと》の話に泣きわめいて反抗し、湖に身を投げるなどと言っておどかしたが、俺は辛抱強く懐柔策に出て、美代の仕事ぶりや生活ぶりを、修一の母親ということは隠しておいて、ゆっくり観察してはどうかと提案した。幸いにこの二人の女は、まだ一度も会ったことがなかったのである。

俺はわざわざ一日を割いて、デルタ・カメラの課長によく事情を打明け、おふくろを連れて、一日ゆっくりとカメラ工場を見学し、美代の仕事ぶりもつぶさに眺め

させた。モダンな工場の風景は、おふくろにはただただ驚異であって、人が変ったように大人しくなって、

「まあ！　ねえ！　まあ！　ねえ！」

と言いどおしだった。

おふくろは俺の伯母《おば》というふれこみだったが、ＩＢＭ室でのテキパキした美代の働らきぶりや、短かい休憩時間にお茶を持って来てくれるやさしい気のつきようなど、おふくろは早くも美代を見直しはじめているようだった。

仕事時間中に美代の寮を訪れたわれわれは、同室の三人のうちで、美代の机や戸棚が殊に整頓《せいとん》がゆきとどき、その机の上に、小さなモール細工の犬が飾ってあるのを、おふくろは目にとめた。

それは焦茶色のモールを曲げて、簡単な線画のような形の犬を作り、ブルーの首輪をつけ、黒ビーズの目玉をつけただけの、安い玩具だったが、おふくろはこれをしげしげと見ているうちに、泣きだしたので、俺はおどろいた。

事情をきいてみると、こうだった。

おふくろの戦死した良人が、まだ新婚匆々《そうそう》のころ、御柱の縁日を二人で散歩したときに、買ってくれたモールの犬と、それがおんなじものだったのである。

そのとき、彼女はいろんなほしいものもあったけれど、一等安いそのモールの犬

が可愛らしかったので、良人に買ってもらった。

あのころの彼女は、しかしそんなに感傷的でない気質から、いつしかその犬もなくしてしまい、娘が生れて育児に夢中になるうちにそれも忘れてしまった。しかし二人目の子供をお腹《なか》に残して、良人が召集され、やがて戦死してしまったあとでは、彼女は折にふれてこのモールの犬のことを思い出した。勝気で誰にもそんなことを言ったおぼえはないから、修一も知っている筈がない。

その同じモールの犬が美代の机の上にあるのを見たとき、おふくろは永い年月の苦労を思い出し、泣きだしたのと一緒に、こんな奇縁におどろいたのである。

モールの犬が、いわばおふくろと美代を結びつけたようなものだった。

このおかげで、おふくろは運命をすらすらと認めてしまった。

――それからあとの問題は、結婚の形の問題であった。

おふくろは、話を承諾すると、美代に改めて面会を申し入れ、今度は忽《たちま》ち美代びいきになり、それからは毎日美代に会わずにはいられず、修一をのけものにするくらいになってしまったが、あくまで彼女が美代を「家へ来る嫁」と考えているのには困った。

この微妙な問題は、又してもデルタ・カメラのおかげで解決された。修一を手許《てもと》から離して淋《さび》しくなる彼女と姉娘のために、恰好《かっこう》な仕事がみつかったのである。

デルタ・カメラは丁度湖を隔てて、社屋と正面の位置にあるこの静かな漁村を、新らしい望遠レンズの、丁度好都合な被写体とみとめて、展望室に大切なお客が来るとその位置で一枚小野崎村の写真をとらせ、帰りがけに、すでに焼付された写真をプレゼントするという、新らしい接待方法を考え出した。それには何か思いがけない宣伝効果がなければならず、俺の口ききで、母親と姉娘は、漁業では思いもつかないいい収入を得ることになった。

つまりしょっちゅうデルタ・カメラを見張っていて、屋上に赤い旗が上ると、彼女たちは湖へ小舟を出し、

デルタ・カメラ

と書いた白い旗を舟の上でひろげるのであった。

この仕事はかなり単純だったが、望遠レンズ付カメラの優秀な性能を証明する重要な仕事であり、時には酔狂な客がこちら側の小野崎村まで訪ねて来ることもあった。会社は無粋な立札を立てるよりも、はるかに風雅なこんな方法を選んだのである。

爺さん一人はあいかわらず魚をすなどっていた。というよりも、魚とたわむれていた、というほうが当っていたろう。もう漁獲高などはあてにしなくても、デルタ・カメラが直接に買上げてくれて、東京からのお客の土産に、爺さんのわかさぎ

を持たして帰すのである。

漁業組合はこんな直接取引に憤慨していたが、あれもこれも俺の政治的手腕に出たことであり、すべては丸く治まった。

会社は絶好のPRの題材をとらえたのである。訪問するお客には、小野崎村の修一とデルタ・カメラの美代とのロマンスを語り、その生家の村を望遠レンズで撮《うつ》させるサーヴィスがつき、かつ、その理解ある爺さんの漁獲のわかさぎがおみやげにつくという、一部始終をユーモラスに描写した小冊子が渡され、(ええ、もう白状してしまおう。この小冊子の筆者は実は俺である。俺はPR費から、相当の額を支出してもらっている。但し内密に)、それが工場の機械の説明書などの無味乾燥ぶりを、緩和するという仕組である。

修一は一万六千円の給料で、今のところ女房の給料よりも少ないが、発送関係で働らいている。

結婚式は簡素だが、明るく朗らかないい集まりで、俺は「高砂《たかさご》や」を聞き覚えで唸《うな》った。式には守衛の秋山おじさんも招かれ、あまりの御機嫌ぶりとしつこい酒癖にみんなが閉口した。

こうしてすべてはめでたく終った。


…………。

俺は今日の日曜、漁協も休みだし、「愛の疾走」の最後の仕上げに、一日「アルネ」の二階の仕事場にこもっている。

美しい晩秋の日が部屋の半ばまでさし入っている。

このごろは大分協調的になった女房が（いよいよ俺の偉さをみとめたのだろう）、店のコーヒーを運んでみしみしと階段を上ってきた。

「大変ね。お仕事はもう完成間際でしょう？」

などと殊勝なことを言う。

「大変もクソもあるものか。お前のおかげで、さんざん創作を攪乱《かくらん》されたよ」

「ウソ、いろいろインスピレーションを授けて上げたんだわ。私が邪魔したもんで、波瀾万丈《はらんばんじょう》になったんでしょう」

「何を言うか。波瀾万丈は純文学の敵だよ」

「本になるといいわね、早く」

「完成したら、東京の出版社を歴訪してみるつもりだよ。同人雑誌に出して、ゆっくり文学賞を待つより早道だろう」

「そうよ。成功を祈るわね」

と言っている女房の薄笑いは、やはり改心のあとが見えない。どうせ本になぞならないとタカをくくっているのである。

女房が下へ行ってしまうと、俺は何ともいえぬ怒りにかられ、女房も憎く、デルタ・カメラも憎く、どうせ今ごろは幸福に酔いしれて正体のない若い二人の主人公までがうとましくなった。

第一、未定稿のラストでは、俺がデルタ・カメラから、漁協に内緒で金をもらっているという弱味が、何となく窺《うかが》われるような気がする。これではいけない。中央文壇の具眼の士は、すぐそれを嗅《か》ぎつけるだろう。

近代的な大企業に、美しい淋しい漁村が負けっぱなしでは、地方主義作家としても、一分が立たないわけである。

「どうしたもんだろう」

俺は畳にあお向けに寝ころがって、思案に耽《ふけ》った。ふと今朝の朝刊が目について、寝返りを打って、ぼんやりと、三面記事のあちこちに目を移した。

「これだ！」

と俺は思わず声を出した。

キー・パンチャー飛降自殺

中央区K町ビル六階から

という見出しで、東京のある会社の若い女性の自殺を報道している。今年に入って二度目のキー・パンチャーの自殺事件だという。

運動神経が指の中でもっとも弱い薬指の酷使から、腱鞘炎《けんしょうえん》を起して感覚が麻痺《まひ》し、それに附随してノイローゼを起す者が多く、一時間に一万八百回休みなしにキーを叩《たた》くのが、かよわい女性の神経を蝕《むしば》んだのだ、と説明してある。

美代もキー・パンチャーだ。

しかし都会の文明病の先端のようなこの病気が、土の香りをまだどこかに残している美代を襲うことはまずあるまい。彼女たちの土の香りが、彼女たちの自衛のとりでなのだ。

そうはいうものの、この地方にも、いつかは文明の病がはびこり出すことがない、とは誰にも言えないのだ。

そうだ、このキー・パンチャーの自殺を、一寸気《ちょっと》の毒だが、デルタ・カメラへもって来よう。それがいい。未来には光りばかりはないことをそれが暗示するだろう。「愛の疾走」のラストは次のように書き改めたほうがいいだろう。そうだ。それがいい。俺はペンをとって、未定稿に大きく消しを加えた。そして、書き出した。

…………………………。

「……かつて修一が湖の向うから眺めたその小さな白い角砂糖は、今は二人を圧倒する巨大さで、杉木立の間にそびえ立っている。

二人は未来の光りに包まれたようなその姿をうっとり眺めた。

そのとき、午さがりの日ざしにかがやいていた六階の一つの窓がギラリと翻ったようにみえた。おや、と思う間に、黒い点がそこから音もなく落下した。

『何でしょう』

美代は得体のしれぬ不安にかられて、若い良人《おっと》の顔を見上げた。

『何だろう、まさか……』

と言いかけた言葉のさきを美代は察して、胸に黒い固まりがこみ上げてくるような気がした。

『抱いて！　しっかり抱いていて！』

と美代は言った。

修一はもたれかかってくる柔かい体を抱きしめながら、

『大丈夫だよ。僕がついてる』

と力強く言った。美代もこの腕に抱かれているかぎり、どんな不幸にも襲われないことを固く信じた。彼は晴れやかな護符だった。すこしも威張らない衛兵だった。彼女の鎧《よろい》、彼女の着物、彼女の心を守っている肉そのものでさえあった。要するに、彼は美代のすべてだった。

……この静かな街にはめずらしい救急車のサイレンが、だんだん高まって、眼下の通りを工場のほうへ走り抜けて行くのが見えた」

解説

横尾忠則

ついこの間のことだ。ある文芸誌で三島由紀夫をテーマにした座談会に呼ばれた。この座談会の趣旨はかつて三島さんと親交のあったぼくが三島さんとの交流を通して見聞したエピソードを語ることで、三人の若手作家がぼくのエピソードから浮かび上がる三島由紀夫についてあれこれ語るというちょっと変わった三島論が展開された。

三人の若手作家はすでに三島さんが亡くなったあとに生まれた人たちばかりだ。そして彼らにとって三島由紀夫はすでに伝説の人物になっているようで、ぼくが織田信長のことを織田さんと呼べば非常に奇異に感じるのと同じように、「三島さん」と親しげに語るぼくの話を聞いて、「三島由紀夫って実在したのだ」と改めて我に返るらしいのだ。当然彼らにとっては伝説の人物だから誰も「さん」づけで呼ばず、「三島由紀夫」とか「三島」と呼ぶんだけれど、逆にぼくからしたらうんと年少者の作家が大家を呼びつけで語っているのがかえって不思議に思えるのだった。

三人共作家だから当然三島文学を全作といわないまでも何冊かは読んでいるはずだ。だけど、彼らよりもっと若い現代の若者は三島由紀夫の名さえも知らず、三島さんが自刃したことも知らないという。でも一方では三島由紀夫本は次々と出版されており、ほぼ全作品の文庫本は出揃っているのではないかと思うのだが、若者は三島さんに対する興味も薄く、当然小説も読んでないということらしい。三島さんは死後も常に話題になっている作家にもかかわらず、その作品自体は読まれていないということなのだろうか。

現代の若者にとっては三島文学は過去のもので、小説にアクチュアリティがないということなのかも知れない。逆にぼくなんかは現代小説を読むより近代文学またはそれ以前の内外の古典小説の方が面白いというか、変ないい方だが、「ためになる」と思うのである。ぼくの年齢の人間に特有なのかぼく個人の資質なのかはわからないが、文学から何か尊いものを学びたいという気持ちがあるのだが、すでにこんなぼくの発想自体が前近代的で古臭い道徳的な思想なのかも知れない。とにかく若者とぼくの間には埋め難い深い時代と世代の断層があることには間違いないようだ。

さて前置きが長過ぎた。編集部からはむしろ本書の内容から離れた三島さんとの交流にまつわる話も加えて書いてもらえないかとの要望もあったが、とりあえず

『愛の疾走』について触れたい。この作品は数年前に一度読んだことがあり、三島さんにもこんなわかりやすい恋愛小説が書けるんだと思った。このような小説なら今の若者もスラスラ読めるんじゃないかと思う。ぼくが一番最初に読んだのは『金閣寺』で、当時二十歳だったが、文学とは全く縁がなかった生き方をしていたので非常に難しく感じた。もし『愛の疾走』を最初に読んでいたら、かなり違った三島像が描けたかも知れない。

この小説の男女の主人公はぼくらの若い頃の感性に似ているが、現代の若者に当てはまるかどうかは疑問だ。本書がこのまま現代の若者の恋愛の指南書にはなり難いかも知れないが、さてどうなんだろう。ぐずぐずしないでもっと素早く直接行動を起こしたがるのかも知れない。ぼくなんかは、地方の風光明媚《めいび》な湖を囲む牧歌的な田舎の町で起こる純情な若者の恋に揺れる無垢《むく》な感情に触れて、いまだに胸をときめかすところが少しはあるが、現代の若者はもっとスピーディな意識の流れの中で躊躇《ちゅうちょ》することなく刹那《せつな》的に行動に移していくに違いない。ぼくがまだ若かった時代、昨日も今日も明日も区別ができないような日々が反復されていた前近代的な時間の中では、何も変わらないことが当たり前みたいだった。『愛の疾走』の恋人たちはまるで自分の昔の分身のように思えることがあり、こういう小説を読むと非常に単純に「いいなあ」と思ってしまうのである。

この小説は諏訪《すわ》湖の漁業に専念している田所修一と、湖の向こう岸のアメリカナイズされた社長が経営する白い四角い建物のカメラ工場で働く美人の正木美代との恋愛物語である。地元で同人雑誌を出している売れない「チャンバラ俳優」のようなペンネームの大島十之助が小説のアイデアに困っているところに、その妻の演出で二人の若者を出会わせて、いかにも小説風の恋愛を地で行かせることで小説を書こうと戦略を練るのだが、実は妻は夫が小説家になることを嬉《うれ》しく思っておらず、二人の恋人に夫の小説が失敗作に終わるように演じて欲しいと夫の計画を何もかもバラしてしまうのである。そんなことが妻によって計られていることを知らない夫は逆ドッキリカメラの被害者を演じる羽目になるという、そんな予感を孕《はら》んだなんとも悲喜劇的なシチュエイションを背景に展開される通俗恋愛小説である。ここから先を語ると読者の興味を削《そ》ぐことになるので早々に物語からは退散した方がよさそうだ。

ここで面白いのは、大島十之助が書こうとする小説は題名が『愛の疾走』ということだけが決まっており、本人はこの題名にはエライ自信があり、中央の文壇でもこれほどの題名はないだろうと自負しているが、一体何を書いていいやらさっぱり解っていないというところである。確かに題名は素晴らしい。題名に関しては大島十之助に語らせているが、本書の著者である三島由紀夫の言葉と同化している。三島由紀夫は題名が先に決まっていなければ小説を書かないタイプで、題名も決まらないまま書いていく小説家は三島さんにとっては無謀としか思えないはずだ。三島さんは、行動が全て意識化されたものであるように小説も最後の一行まで決定していないと書かない作家である。だから当然その時点で題名も決定しているはずだ。単行本はともかく連載小説は最初に題名が決まっていないと三島さんでなくてもスタートができない。

三島さんの小説の題名はどれを取っても実に上手《うま》い。『愛の疾走』もいいが『愛の渇き』もいい。『美徳のよろめき』は流行語「よろめき夫人」を生んだ。『潮騒』や『岬にての物語』も聞いただけで物語が立ち上がる。『仮面の告白』も『禁色』も今や歴史的な香りさえする。三島文学にとっては題名は内容以上に心血を注いで考え抜かれたように思うが、そのくせ苦労の跡を見せない。三島さんのダンディズムはこんなところにも表われているように思う。話が他に逸《そ》れてしまったが、この『愛の疾走』は登場人物の大島十之助の書く小説でもあり、一種の入れ子構造になっている。かつて三島さんが「ポップコーンの心霊術」というぼくの作家論を書いて下さった時、文中にこんな記述がある。

「それから、これは多分、私の記憶ちがいであろうが、片脳油のレッテルには、子供にとって最大の宇宙的無限の謎を誘起する、当時はやりのデザインがあったかもしれない。それは、人が何か手にもっている図柄の中に、又、人がそれを持っている図柄があり、その中に又、人がそれを持っている図柄がある、という無限小数的なデザインである。そういう、悲しくなるほど永遠に遠ざかり深まってゆくものを暗示したデザインこそ、あの糞臭と片脳油の匂いのなかで鑑賞すべきものであったのだ」（ちくま文庫『芸術断想』所収、「ポップコーンの心霊術——横尾忠則論」より）

ちょっと長く引用してしまったが、三島さんのこの『愛の疾走』の小説の構造にはいま引用した文で語られているように入れ子構造に対する三島さんのモノマニアックな趣味が導入されており、「宇宙的無限の謎」は大げさとしても、この小説に不思議なマジカルな空間を張り巡らしているように思う。また修一や美代や十之助の一人称で語られたかと思うと別の個所では三人称で語られる。それともうひとつ気付くことは、十之助の小説の主人公に仕立てあげられている若い恋人たちが大島の策略の網の目を潜り抜けてするりと大島の思惑から逃れてやろうと企《たくら》むところなどは、作者三島由紀夫が小説の執筆時に思わぬ事態が発生し、三島さんの思惑通りに登場人物が動いてくれず、勝手な行動を始めてしまったというような体験をこの小説の中で思わず告白してしまっているように思えるのである。そして最大の見せ場はこの十之助の小説の題名を三島由紀夫自身がパクって、「三島由紀夫著『愛の疾走』」にしてしまったところである。何だが歌舞伎の舞台で三島由紀夫扮《ふん》する大泥棒の石川五右衛門が大見得を切ったように思えるのだ。

この小説の主題自体はそんなに目新しいものではないが、そんな時はぼくの絵画の制作に当てはめて考えると、主題が当たり前の時は様式によって主題にふさわしくない表現で対決してやろうという考えが浮かぶのだが、この『愛の疾走』の文体(絵の様式に当たる?)の実験性に三島さんとぼくに共通する意識を感じてしまい、ニヤリと苦笑したくなるのである。

三島さんは作品に限らず実生活の中でも実にオチャ目なところやイタズラっぽい性格が見え隠れし、様々な謎を撒《ま》き散らして自分が魔術師になった気分で人を翻弄《ほんろう》して大喜びするところがあった。この小説の中でも二人の恋人が十之助を翻弄していき、それを楽しむ恋人に読者を同化させ、三島さんと同業の小説家大島十之助を弄《もてあそ》ぶところが自虐的でなかなか面白い。二人の恋人も小説家も両者共に三島由紀夫の性格の一部であるように思う。

才能のない十之助が小説のアイデアに涸渇《こかつ》した結果、苦肉の策を練るのは、三島さんの大嫌いな想像力の欠落した私小説作家をカリカチュアライズして皮肉っているに決まっている。

本書は『決定版　三島由紀夫全集』（新潮社）を底本とし、現代仮名遣いに改めました。
本文中には、「インディアン」「白痴」「盲」「精薄児」等、今日の人権擁護の見地に照らして、不適切と思われる表現がありますが、著者自身に差別的意図はなく、また、著者が故人であること、作品自体の文学性・芸術性を考え合わせ、原文のままとしました。

（編集部）

愛《あい》の疾《しっ》走《そう》

三島《みしま》由《ゆ》紀《き》夫《お》

平成22年 11月25日　初版発行
令和 7 年　1 月15日　13版発行

発行者●山下直久

発行●株式会社KADOKAWA
〒102-8177　東京都千代田区富士見2-13-3
電話　0570-002-301（ナビダイヤル）

角川文庫 16545

印刷所●株式会社KADOKAWA
製本所●株式会社KADOKAWA

表紙画●和田三造

ISBN978-4-04-121217-2　C0193

◆◇◇

角川文庫発刊に際して

角川源義

第二次世界大戦の敗北は、軍事力の敗北であった以上に、私たちの若い文化力の敗退であった。私たちの文化が戦争に対して如何に無力であり、単なるあだ花に過ぎなかったかを、私たちは身を以て体験し痛感した。西洋近代文化の摂取にとって、明治以後八十年の歳月は決して短かすぎたとは言えない。にもかかわらず、近代文化の伝統を確立し、自由な批判と柔軟な良識に富む文化層として自らを形成することに私たちは失敗して来た。そしてこれは、各層への文化の普及滲透を任務とする出版人の責任でもあった。

一九四五年以来、私たちは再び振出しに戻り、第一歩から踏み出すことを余儀なくされた。これは大きな不幸ではあるが、反面、これまでの混沌・未熟・歪曲の中にあった我が国の文化に秩序と確たる基礎を齎らすためには絶好の機会でもある。角川書店は、このような祖国の文化的危機にあたり、微力をも顧みず再建の礎石たるべき抱負と決意とをもって出発したが、ここに創立以来の念願を果すべく角川文庫を発刊する。これまで刊行されたあらゆる全集叢書文庫類の長所と短所とを検討し、古今東西の不朽の典籍を、良心的編集のもとに、廉価に、そして書架にふさわしい美本として、多くのひとびとに提供しようとする。しかし私たちは徒らに百科全書的な知識のジレッタントを作ることを目的とせず、あくまで祖国の文化に秩序と再建への道を示し、この文庫を角川書店の栄ある事業として、今後永久に継続発展せしめ、学芸と教養との殿堂として大成せんことを期したい。多くの読書子の愛情ある忠言と支持とによって、この希望と抱負とを完遂せしめられんことを願う。

一九四九年五月三日

角川文庫ベストセラー

不道徳教育講座

三島由紀夫

大いにウソをつくべし、弱い者をいじめるべし、痴漢を歓迎すべし等々、世の良識家たちの度肝を抜く不道徳のススメ。西鶴の『本朝二十不孝』に倣い、逆説的レトリックで展開するエッセイ集、現代倫理のパロディ。

美と共同体と東大闘争

三島由紀夫
東大全共闘

学生・社会運動の嵐が吹き荒れる一九六九年五月十三日、超満員の東大教養学部で開催された三島由紀夫と全共闘の討論会。両者が互いの存在理由をめぐって、激しく、真摯に議論を闘わせた貴重なドキュメント。

純白の夜

三島由紀夫

村松恒彦は勤務先の銀行の創立者の娘である13歳年下の妻・郁子と不自由なく暮らしている。恒彦の友人・楠は一目で郁子の美しさに心を奪われ、郁子もまた楠に惹かれていく。二人の恋は思いも寄らぬ方向へ。

夏子の冒険

三島由紀夫

裕福な家で奔放に育った夏子は、自分に群らがる男たちに興味が持てず、神に仕えた方がいい、と函館の修道院入りを決める。ところが函館へ向かう途中、情熱的な瞳の一人の青年と巡り会う。長編ロマンス！

夜会服

三島由紀夫

何不自由ないものに思われた新婚生活だったが、ふと覗かせる夫・俊夫の素顔は絢子を不安にさせる。見合いを勧めたはずの姑の態度もおかしい。親子、嫁姑、夫婦それぞれの心境から、結婚がもたらす確執を描く。

角川文庫ベストセラー

複雑な彼　三島由紀夫

森田冴子は国際線スチュワード・宮城譲二の精悍な背中に魅せられた。だが、譲二はスパイだったとか保釈中の身だとかいう物騒な噂がある「複雑な」彼。やがて2人は恋に落ちるが……爽やかな青春恋愛小説。

お嬢さん　三島由紀夫

大手企業重役の娘・藤沢かすみは20歳、健全で幸福な家庭のお嬢さま。休日になると藤沢家を訪れる父の部下たちは花婿候補だ。かすみが興味を抱いた沢井はプレイボーイで……「婚活」の行方は。初文庫化作品。

にっぽん製　三島由紀夫

ファッションデザイナーとしての成功を夢見る春原美子は、洋行の帰途、柔道選手の栗原正から熱烈なアプローチを受ける。が、美子にはパトロンがいた。古い日本と新しい日本のせめぎあいを描く初文庫化。

幸福号出帆　三島由紀夫

虚無的で人間嫌いだが、容姿に恵まれた敏夫は、妹の三津子を溺愛している。「幸福号」と名づけた船を手に入れた敏夫は、密輸で追われる身となった妹と共に、純粋な愛に生きようと逃避行の旅に出る。純愛長編。

伊豆の踊子　川端康成

孤独の心を抱いて伊豆の旅に出た一高生は、旅芸人の十四歳の踊り子にいつしか烈しい思慕を寄せる。青春の慕情と感傷が融け合って高い芳香を放つ、著者初期の代表作。

角川文庫ベストセラー

雪国　川端康成

国境の長いトンネルを抜けると雪国であった。「無為の孤独」を非情に守る青年・島村と、雪国の芸者・駒子の純情。魂が触れあう様を具に描き、人生の哀しさ美しさをうたったノーベル文学賞作家の名作。

山の音　川端康成

会社社長の尾形信吾は、「山の音」を聞いて以来、死への恐怖に憑りつかれていた――。日本の家の閉塞感と老人の老い、そして生への渇望と老いや死を描く。戦後文学の最高峰に位する名作。

白痴・二流の人　坂口安吾

敗戦間近。かの耐乏生活下、独身の映画監督と白痴女の奇妙な交際を描き反響をよんだ「白痴」。優れた知略を備えながら二流の武将に甘んじた黒田如水の悲劇を描く「二流の人」等、代表的作品集。

堕落論　坂口安吾

「堕ちること以外の中に、人間を救う便利な近道はない」。第二次大戦直後の混迷した社会に、かつての倫理を否定し、新たな考え方を示した『堕落論』。安吾を時代の寵児に押し上げ、時を超えて語り継がれる名作。

不連続殺人事件　坂口安吾

詩人・歌川一馬の招待で、山奥の豪邸に集まった様々な男女。邸内に異常な愛と憎しみが交錯するうちに、血が血を呼んで、恐るべき八つの殺人が生まれた――。第二回探偵作家クラブ賞受賞作。

角川文庫ベストセラー

走れメロス　太宰治

妹の婚礼を終えると、メロスはシラクスめざして走りに走った。約束の日没までに暴虐の王の下に戻らねば、身代わりの親友が殺される。メロスよ走れ！ 命を賭けた友情の美を描く表題作など10篇を収録。

斜陽　太宰治

没落貴族のかず子は、華麗に滅ぶべく道ならぬ恋に溺れていく。最後の貴婦人である母と、麻薬に溺れ破滅する弟・直治、無頼な生活を送る小説家・上原。戦後の混乱の中を生きる4人の滅びの美を描く。

人間失格　太宰治

無頼の生活に明け暮れた太宰自身の苦悩を描く内的自叙伝であり、太宰文学の代表作である「人間失格」と、家族の幸福を願いながら、自らの手で崩壊させる苦悩を描き、命日の由来にもなった「桜桃」を収録。

ヴィヨンの妻　太宰治

死の前日までに13回分で中絶した未完の絶筆である表題作をはじめ、結核療養所で過ごす20歳の青年の手紙に自己を仮託した「パンドラの匣」、「眉山」など著者が最後に光芒を放った五篇を収録。

ろまん燈籠　太宰治

退屈になると家族が集まり〝物語〟の連作を始める入江家。個性的な兄妹の性格と、順々に語られる世界が重層的に響きあうユニークな家族小説。表題作他、バラエティに富んだ七篇を収録。

角川文庫ベストセラー

津軽

太宰　治

昭和19年、風土記の執筆を依頼された太宰は3週間にわたって津軽地方を1周した。自己を見つめ、宿命の生地への思いを素直に綴り上げた紀行文であり、著者最高傑作とも言われる感動の1冊。

愛と苦悩の手紙

太宰　治
編／亀井勝一郎

獄中の先輩に宛てた手紙から、死のひと月あまり前に妻へ寄せた葉書まで、友人知人に送った書簡二一二通。太宰の素顔と、さまざまな事件の消息、作品の成立過程などを明らかにする第一級の書簡資料。

痴人の愛

谷崎潤一郎

日本人離れした家出娘ナオミに惚れ込んだ譲治。自分の手で一流の女にすべく同居させ、妻にするが、ナオミは男たちを誘惑し、堕落してゆく。ナオミの魔性から逃れられない譲治の、狂おしい愛の記録。

春琴抄

谷崎潤一郎

9つの時に失明した春琴は丁稚奉公の佐助と心を通わせていく。そんなある日、春琴が顔に熱湯を浴びせられ、やけどを負った。そのとき佐助は——。異常なまでの献身によって表現される、愛の倒錯の物語。

細雪　(上)(中)(下)

谷崎潤一郎

大阪・船場の旧家、蒔岡家。四人姉妹の鶴子、幸子、雪子、妙子を主人公に上流社会に暮らす一家の日々が四季の移ろいとともに描かれる。著者・谷崎が第二次大戦下、自費出版してまで世に残したかった一大長編。

角川文庫ベストセラー

それから　夏目漱石

門　夏目漱石

こころ　夏目漱石

明暗　夏目漱石

文鳥・夢十夜・永日小品　夏目漱石

友人の平岡に譲ったかつての恋人、三千代への、長井代助の愛は深まる一方だった。そして平岡夫妻に亀裂が生じていることを知る。道徳的批判を超え個人主義的正義に行動する知識人を描いた前期三部作の第2作。

かつての親友の妻とひっそり暮らす宗助。他人の犠牲の上に勝利した愛は、罪の苦しみに変わっていた。宗助は禅寺の山門をたたき、安心と悟りを得ようとするが。求道者としての漱石の面目を示す前期三部作終曲。

遺書には、先生の過去が綴られていた。のちに妻とする下宿先のお嬢さんをめぐる、親友Kとの秘密だった。死に至る過程と、エゴイズム、世代意識を扱った、後期三部作の終曲にして、漱石文学の絶頂をなす作品。

幸せな新婚生活を送っているかに見える津田とお延。だが、津田の元婚約者の存在が夫婦の生活に影を落としはじめ、漠然とした不安を抱き――。複雑な人間模様を克明に描く、漱石の絶筆にして未完の大作。

夢に現れた不思議な出来事を綴る「夢十夜」、鈴木三重吉に飼うことを勧められる「文鳥」など表題作他、留学中のロンドンから正岡子規に宛てた「倫敦消息」や、「京につける夕」「自転車日記」の計6編収録。

角川文庫ベストセラー

道草
夏目漱石

肉親からの金の無心を断れない健三と、彼に嫌気がさす妻。金に囚われずには生きられない人間の悲哀と、意固地になりながらも、互いへの理解を諦めきれない夫婦の姿を克明に描き出した名作。

銀の匙
中勘助

書斎の小箱に昔からある銀の匙。それは、臆病で病弱な「私」が口に薬を含むことができるよう、伯母が探してきてくれたものだった。成長していく「私」を透明感ある文章で綴った、大人のための永遠の文学。

李陵・山月記・弟子・名人伝
中島敦

五千の少兵を率い、十万の匈奴と戦った李陵。捕虜となった彼を司馬遷は一人弁護するが。讒言による悲運を描いた「李陵」、人食い虎に変身する苦悩を描く「山月記」など、中国古典を題材にとった代表作六編。

文字禍・牛人
中島敦

アッシリヤにある世界最古の図書館には、毎夜文字の霊が出るという。文字に支配される人間を寓話的に描いた「文字禍」をはじめ、「狐憑」「木乃伊」「虎狩」等短篇の名手が描くワールドワイドな6篇を収録。

汚れつちまつた悲しみに……
中原中也詩集

中原中也
編/佐々木幹郎

16歳で詩人として出発し、30歳で夭折した中原中也。昭和初期、疾風怒濤の時代を駆け抜けた稀有な詩人の代表作品を、生きる、恋する、悲しむという3つの視点で分類。いま改めて読み直したい、中也の魂の軌跡。

角川文庫ベストセラー